« Je suis étrangère à la vie », dit la réflexion d'un personnage de l'une des nouvelles qui composent *La Passion*.

D'abord parce que la plupart de ses récits sont des anecdotes tirées de son expérience ou de celle de ses amis. Ensuite parce qu'elle reflète d'une manière troublante la manière dont elle traversa la vie. Comme ses héroïnes, elle fut passionnée, théâtrale, excessive, farouche, extravagante, ténébreuse. Elle affronta des situations intenses, des moments désespérés et connut des folies aveugles. Comme elles, elle fut une enfant perdue. Seulement, elle cacha son jeu, offrant à tous son beau visage lisse aux pommettes hautes, aux traits émaciés, au regard vif, souvent sarcastique… Apparences trompeuses ! Un air d'irréalité flottait déjà autour d'elle.

Trompeurs aussi sont les débuts de chacune de ses nouvelles. Par un procédé courant chez Djuna Barnes, les récits s'ouvrent sur un lieu paisible, harmonieux, sans danger imminent : une belle veuve en route vers Nice pour retrouver sa fille, Berlin au printemps, les équipées de deux sœurs russes à Paris, un homme en smoking et haut-de-forme dans le sous-bois d'un riche domaine, le retour d'une jeune mère et de sa fillette sur une route parfumée de fleurs, un heureux petit tailleur en Arménie, une princesse dans un attelage élégant… L'œil déjà se repose en ces lieux idylliques, dans le balancement léger du temps qui passe sans accroc. Mais soudain, le voile se déchire. Sous cette frivole douceur se dévoile la cicatrice profonde d'une intolérable blessure.

Djuna Barnes, ou l'art du trompe-l'œil ! En fait, très vite ses récits nous projettent dans une situation tendue, menaçante, tragique. La veuve voit sa fille lui échapper; l'homme en smoking, en réalité un palefrenier, se fait piétiner par ses propres chevaux; le petit tailleur qui « *a laissé l'Arménie lui glisser entre les doigts* », croit devenir un héros à New York en étranglant un inoffensif lapin; la jeune mère, de retour chez elle après cinq ans d'absence, est rejetée par son mari qu'elle a trompé; la vieille princesse est au seuil de sa mort…

« *Tout est perdu depuis le début, toujours, il ne nous manque que de le savoir.* » Voilà qui éclaire le sens des neuf histoires cruelles de *La Passion*, écrites entre 1917 et 1932. Malades de l'âme ou du corps, les héros de Djuna Barnes sont toujours damnés. Car il n'y a pas plus de bonne souffrance que de bonne pitié. On pense aux personnages de Tchekhov, ou de Strindberg surtout. Précisément, Djuna Barnes écrivit d'une traite *Une nuit avec les chevaux*, son premier succès littéraire en 1918, après avoir lu *Mademoiselle Julie*.

(Suite au verso.)

Après la crise, la chute. Mais Djuna Barnes n'explique rien. Au lecteur de combler les silences, d'imaginer le dénouement, de comprendre ce qu'il faut comprendre. L'action se joue au-delà du texte, dans les zones d'ombre du non-dit. Relisons la nouvelle intitulée *Le trop-plein*, où une jeune femme tuberculeuse rejoint son mari après une longue absence, avec la petite fille qu'elle a eue d'un autre malade. Elle s'achève sur un coup de feu tiré par le mari, et que la femme entend, sans savoir s'il s'est tué (« *il a le sang rapide et chaud* », avait-elle dit quelques secondes plus tôt), ou, simplement, s'il s'exerce dans la salle de tir.

Avec Djuna Barnes, la syntaxe vole en éclats et la métaphore inattendue devient soudain évidente. Dans ses nouvelles, ses poèmes, ses romans ou son théâtre, l'auteur exprime cette qualité d'horreur et de grandiose qu'on ne trouve que dans les tragédies élisabéthaines. Sa préciosité parfois sophistiquée ne laisse place ni au lyrisme excessif, ni au sentimentalisme exacerbé, ni au maniérisme. Son ornementation verbale reste subtile, car elle possède l'art de concilier, avec humour le plus souvent, le sens du détail et celui du raccourci.

Elle avait été à bonne école, celle de Rabelais, de Chaucer et de Joyce. Sa rencontre avec l'écrivain irlandais s'était faite à Paris au début des années 20 (Djuna Barnes, née en 1892 à New York, avait vingt-huit ans). Elle rejoignait alors le clan des grands expatriés américains, Ezra Pound, Gertrude Stein, T. S. Eliot, Hemingway, Sylvia Beach. C'est durant cette période parisienne qu'elle écrivit la plupart de ses œuvres : *Ryder*, puis *L'Almanach des dames* et enfin, en 1937, son grand roman, *Le Bois de la nuit*. Après une vie agitée, un mariage, d'innombrables aventures, une grande quantité d'amants, une longue liaison tumultueuse avec une jeune femme sculpteur, Thelma Wood (qui sera l'inspiratrice du *Bois de la nuit*), elle en arriva à la conclusion que les femmes ne valaient rien et les hommes bien moins encore. « *Qu'est-ce qu'une femme ?* disait-elle, *une vache assise sur un sourire fripé.* » Une telle découverte ne pouvait la conduire qu'à l'exil. Un exil intérieur, bien sûr.

A sa vie étourdissante succédèrent quarante années de silence (si l'on excepte une pièce de théâtre). La belle séductrice se retira dans un studio à New York. Elle mena sa vie de « trappiste » sans faillir. Cloîtrée, ne voulant plus voir personne, cessant de boire et de fumer, patiemment elle se consacra à l'écriture de ses poèmes. Quarante années de silence et de solitude. La Greta Garbo de la littérature vécut ainsi jusqu'à l'âge de quatre-vingt-dix ans, et connut les jours difficiles « *d'une inconnue célèbre* ». Ni les curieux ou les quelques admirateurs venus lui rendre visite ne purent la faire sortir de chez elle, ni même Carson McCullers sanglotant à sa porte. La femme légendaire, dans un dernier moment de grâce, était désormais hors d'atteinte.

Nicole Chardaire

DJUNA BARNES

La Passion

AVEC UNE POSTFACE
ET TRADUIT DE L'AMÉRICAIN
PAR MONIQUE WITTIG

FLAMMARION

DU MÊME AUTEUR

Chez Flammarion
ALMANACH DES DAMES

Aux Éditions du Seuil
LE BOIS DE LA NUIT

Chez Christian Bourgois
RYDER

A ma mère

ALLER ET RETOUR

Le train voyageant de Marseille à Nice avait à son bord une femme d'une grande force.

Elle avait bien plus de quarante ans et un buste un peu lourd. Le haut de son vêtement était lacé en croix, très serré, son corset tendu à chaque respiration, et lorsqu'elle respirait et bougeait, elle tintait de ses chaînes aux maillons d'or grossier et le son de ces bijoux à monture lourde ponctuait ses moindres gestes. De temps en temps, elle portait une *lorgnette* à long manche à ses yeux, des yeux bruns qu'elle clignait souvent en examinant attentivement la campagne estompée par la fumée du train.

A Toulon, elle a baissé la vitre et elle s'est penchée pour commander de la bière. Le daim de sa jupe ajustée aux hanches, soulevé en un bec, découvrait des bottes fauves, lacées haut sur des jambes bien faites et, plus haut, le rose de bas de laine. Elle s'est réinstallée commodément et s'est mise à boire sa bière avec plaisir, contrôlant les secousses de son corps d'une pression ferme de ses petits pieds dodus contre le tapis de caoutchouc.

Elle était russe et elle était veuve. Elle s'appelait Erling von Bartmann. Elle vivait à Paris.

En quittant Marseille elle avait fait l'acquisition d'un exemplaire de *Madame Bovary* et maintenant elle le tenait en main, ses coudes légèrement relevés et sortis.

Elle a lu quelques phrases avec effort, puis elle a posé le livre sur ses genoux, regardant les collines qui passaient.

A Marseille, elle a parcouru les rues sales lentement, tenant sa jupe de daim relevée haut au-dessus de ses bottes, d'une manière à la fois attentive et absente. La peau fine de son nez frémissait lorsqu'elle reniflait les odeurs fétides des voies plus étroites mais cela ne semblait ni lui plaire ni lui déplaire.

Elle remontait les rues raides, étroites, couvertes d'ordures qui donnaient sur le port, en regardant à droite et à gauche, en notant chaque objet.

Une femme vulgaire s'étalait, jambes écartées, dans l'entrée d'une chambre bourrée par un lit de fer à hauts pilastres en train de rouiller. La femme tenait mollement un rouge-gorge d'une seule main énorme qui le plumait. L'air était plein de plumes flottantes, tombant et s'élevant au-dessus de jeunes filles aux épaules nues qui clignaient des yeux sous des franges sombres et épaisses. Madame von Bartmann marchait avec précaution.

Elle s'était arrêtée à une boutique de cordages, reniflant l'odeur piquante de la corde goudronnée. Elle a décroché plusieurs cartes postales en couleur montrant des femmes en train de se baigner, des marins heureux qui se penchaient au-dessus de sirènes au buste plein et aux yeux rusés et aguicheurs. Et dans un passage madame von Bartmann a touché des couvre-lits de satin, criards et vulgaires, exposés à la vente. Une vitre tachée de chiures de mouches, poussiéreuse et fendue, exposait, de terrasse en terrasse, des couronnes mortuaires violettes et blanches, perles enfilées sur du fil de fer, flanquées par des images du Sacré-Cœur, embossées sur de l'étain, avec des lisérés de flamme battue, le tout échoué sur une plage de dentelle de métal.

Elle est retournée à son hôtel et, debout dans sa chambre, elle a dégrafé son voile et son chapeau devant la grande glace du placard. Elle s'est assise, pour délacer ses bottes, sur une des huit chaises rangées à la précision le long des deux murs. Les cantonnières d'épais velours violet bloquaient la vue de la cour où on vendait des pigeons. Madame von Bartmann s'est lavé les mains avec un gros ovale de savon rouge et grossier et les a séchées en essayant de penser.

Le matin suivant, assise dans son lit sur les draps de lin rudes, elle organisait le reste de son voyage. Elle avait deux ou trois heures d'avance pour son train. Elle s'est habillée et est sortie. Elle est entrée dans une église sur son chemin et a retiré lentement ses gants. C'était sombre, froid et elle était seule. Deux petites lampes à huile brûlaient devant les statues de saint Antoine et de saint François. Elle a posé son sac de cuir sur un banc et est allée se mettre à genoux dans un coin. Elle a fait tourner le chaton de ses bagues vers l'extérieur, a joint les mains et de la lumière brillait entre ses doigts. Mains jointes levées, elle a prié Dieu pour le salut universel, de toute son intelligence et sa force.

Elle s'est levée pour regarder autour d'elle, irritée qu'il n'y ait pas de cierges allumés pour le *Magnifique*, et elle touchait l'étoffe du drap de l'autel.

À Nice, elle est montée en seconde classe dans

un omnibus qui atteignait les faubourgs de Nice vers quatre heures. Elle a ouvert, avec une grande clef de fer, un haut portail rouillé qui menait à un parc privé et l'a refermé derrière elle.

L'allée d'arbres en fleur avec leurs calices parfumés, la mousse qui sertissait le pavé cassé, l'air chaud et musqué, le bruissement d'ailes incessant d'oiseaux qu'on ne voyait pas, tout concourait à un enchevêtrement de textures chantantes, claires et foncées.

L'avenue était longue et sans tournant, puis décrivait une courbe entre deux jarres massives, hérissées de cactus en spirales et derrière il y avait la maison de pierre recouverte de plâtre.

Les volets qui donnaient sur l'allée n'étaient pas ouverts à cause des insectes. Et, sans lâcher ses jupes, madame von Bartmann a tourné lentement le coin de la maison où un chat aux longs poils était étendu, inerte, au soleil. Madame von Bartmann a levé la tête vers les volets à demi clos, s'est arrêtée, a changé d'avis et s'est dirigée plus loin, vers le bois.

La rumeur grave et envahissante des insectes au sol s'interrompait sur ses pas et elle tournait la tête pour regarder derrière elle les touches de ciel par intervalles.

Elle tenait toujours la clef du portail de sa main gantée et une jeune fille de dix-sept ans, surgissant de derrière un buisson, s'en est saisie et s'est mise à marcher à côté d'elle.

L'enfant était encore en robe courte et le rose de ses genoux était obscurci par la poussière du sousbois. Ses cheveux roux montaient en deux arêtes de lumière autour de sa tête et descendaient vers les lobes de ses longues oreilles où ils étaient retenus par un ruban vert fané.

10

— Richter ! madame von Bartmann a dit (son mari voulait un garçon).

L'enfant s'est mis les mains derrière le dos avant de répondre.

— J'étais là dehors, dans le champ.

Madame von Bartmann poursuivant sa marche n'a pas répondu.

— Est-ce que tu t'es arrêtée à Marseille, mère ?

Elle a fait signe que oui.

— Longtemps ?

— Deux jours et demi.

— Pourquoi et demi ?

— A cause des trains.

— Est-ce que c'est une grande ville ?

— Pas très, mais sale.

— Y a-t-il des choses intéressantes à voir ? Madame von Bartmann a souri :

— Le Sacré-Cœur... des marins...

Elles ont alors débouché en plein champ et madame von Bartmann, après avoir retourné le derrière de sa jupe, s'est assise sur un monticule qui avait la tiédeur de l'herbe.

L'enfant s'est assise à côté d'elle, avec la légèreté et l'élasticité des membres propres à la jeunesse.

— Est-ce que tu vas rester à la maison maintenant ?

— Oui, pour un bon moment.

— C'était bien, Paris ?

— Paris c'était Paris.

L'enfant s'est tue. Elle s'est mise à tirer sur l'herbe. Madame von Bartmann a retiré un de ses gants fauves, fendu au bas du pouce, et s'est arrêtée quelque temps avant de dire :

— Bon ! eh bien maintenant que ton père est mort...

Les yeux de l'enfant se sont remplis de larmes. Elle a baissé la tête.

— Je reviens d'un vol pour m'occuper de ma chérie, madame von Bartmann a continué avec bonhomie. Laisse-moi te regarder. Et elle a relevé le menton de l'enfant de la paume de sa main. Tu avais dix ans la dernière fois que je t'ai vue, tu es une femme maintenant. Sur ces mots elle a lâché le menton de l'enfant et a remis son gant.

— Viens, elle a dit en se levant, il y a des années que je n'ai pas vu la maison. Et tandis qu'elles suivaient en sens inverse l'allée obscure, elle parlait.

— Est-ce que la Vénus de marbre noire est toujours dans le hall ?

— Oui.

— Est-ce que les chaises aux pieds sculptés sont toujours en vie ?

— Deux seulement. L'année dernière Erna en a cassé une et l'année d'avant...

— Eh bien ?

— J'ai cassé l'autre.

— C'est la croissance, madame von Bartmann a dit en commentaire. Bon. Et le grand tableau au-dessus du lit, est-ce qu'il est toujours là ?

L'enfant a dit à voix très basse :

— C'est ma chambre.

Madame von Bartmann, détachant la *lorgnette* pendue à son corsage, l'a portée à ses yeux pour regarder l'enfant.

— Tu es très mince.

— Je grandis.

— J'ai grandi aussi, mais comme une caille. Eh bien, une génération ne peut pas être tout à fait comme la précédente. Tu as les cheveux roux de ton père. Ça c'était un drôle de type, elle a dit soudain. C'était un fou ce Herr von Bartmann. Je

12

n'ai jamais pu comprendre ce que nous faisions ensemble. Quant à toi, elle a ajouté en fermant ses lunettes, il me reste à voir ce qu'il a fait de toi.

Le même soir, dans la maison pesante avec ses meubles pesants, Richter regardait sa mère, qui avait gardé son chapeau et son voile à pois, en train de jouer du piano, un piano à queue encombrant et dégingandé, haut dressé contre la fenêtre de la terrasse. C'était une valse. Madame von Bartmann jouait vite, avec effervescence, et les pétillements de ses doigts bagués faisaient rouler des bulles au-dessus des touches.

Depuis le jardin obscur, Richter écoutait Schubert qui ruisselait avec la lumière le long du chambranle ouvert. L'enfant avait froid maintenant et elle tremblait dans le manteau de fourrure qui touchait la froideur de ses genoux.

Sans ralentir, sur un *finale* quelque peu dans le style du grand opéra, madame von Bartmann a fermé le piano et est restée un moment sur le balcon, respirant l'air, touchant du bout des doigts les maillons grossiers de sa chaîne tandis que les insectes traversaient en flèche sa vision verticale.

Plus tard elle est sortie et elle s'est assise sur un banc de pierre, tranquille, attendant.

Richter était à quelques pas de là et elle ne s'est pas approchée ou mise à parler. Madame von Bartmann bien qu'elle ne puisse pas voir l'enfant a commencé sans se retourner :

— Tu as toujours vécu ici, n'est-ce pas Richter ?

— Oui, l'enfant a répondu.

— Dans ce parc, dans cette maison avec Herr von Bartmann, les tuteurs et les chiens ?

— Oui.

— Est-ce que tu parles l'allemand ?

— Un peu.

— Vas-y.
— *Müde bin ich, geh' zu Ruh.*
— Le français ?
— *Ô nuit désastreuse ! Ô nuit effroyable !*
— Le russe ?

L'enfant n'a pas répondu.

— *Ach !* madame von Bartmann a dit. Puis : Es-tu allée à Nice ?

— Oh ! oui, souvent.

— Et qu'est-ce que tu y as vu ?

— J'ai tout vu.

Madame von Bartmann a ri. Elle s'est penchée en avant, avec le coude sur son genou, la figure dans sa main. Ses boucles d'oreille ne bougeaient pas. Le bourdonnement des insectes était clair et ouaté. La souffrance gisait en friche.

— Autrefois j'ai été une enfant comme toi, elle a dit. Plus grasse, en meilleure santé... mais comme toi néanmoins. J'aimais aussi les choses intéressantes. Mais d'une autre sorte je suppose, elle a ajouté. Des choses qui étaient positives. J'aimais sortir la nuit non pour sa douceur et sa volupté mais pour me faire peur, parce que je l'aurais connue pendant une si courte durée et qu'après moi elle continuerait à exister pendant tant de temps. Mais, et elle s'est interrompue. Ce n'est pas la question. Dis-moi comment toi, tu sens.

L'enfant a bougé dans l'ombre.

— Je ne peux pas.

Madame von Bartmann a ri de nouveau puis s'est arrêtée brusquement.

— La vie est sale, elle a dit. Elle fait peur aussi. Tout y est : meurtre, souffrance, beauté, maladie... mort. Est-ce que tu sais ça ?

L'enfant a répondu :

— Oui.

14

— Comment le sais-tu ?

L'enfant a répondu de nouveau :

— Je ne sais pas.

— Tu vois bien ! madame von Bartmann a continué. Tu ne sais rien. Il te faut *tout* apprendre et seulement *alors*, commencer. Il faut que ta compréhension soit immense, ou bien c'est la chute. Les chevaux précipitent hors du danger. Les trains y ramènent. Les peintures produisent au cœur un choc mortel... elles pendent au-dessus d'un homme qu'on a aimé et assassiné dans son lit, peut-être. Les fleurs encercueillent le cœur parce qu'un enfant y a été enterré. La musique fait naître la terreur de la répétition. Les carrefours sont pour les amoureux et les tavernes pour les voleurs. La contemplation mène au préjugé. Les lits sont des champs de bataille où les bébés mènent une bataille perdante. Est-ce que tu sais tout cela ?

Il ne venait aucune réponse de l'obscurité.

— L'Homme est pourri dès le départ, madame von Bartmann a continué. Pourri de vertu et de vice. L'un et l'autre le prennent à la gorge et le réduisent à néant. Et Dieu n'est que la lumière que pour son usage l'insecte mortel allume et pour en mourir. C'est très sage, mais il ne faut pas se méprendre. Je ne veux pas que tu regardes de haut aucune putain dans aucune rue. Prie, vautre-toi dans la boue et puis cesse, mais sans préjugé. Un meurtrier peut avoir moins de préjugés qu'un saint. Quelquefois il vaut mieux être un saint. Ne t'enorgueillis pas de ton indifférence, s'il t'arrive d'être en proie à l'indifférence. Et ne te trompe pas sur la valeur de tes passions, elle disait. Elles ne sont que l'assaisonnement de toute cette horreur. Je voudrais... Elle n'a pas terminé mais a pris tranquillement son mouchoir dans sa poche et s'est essuyé les yeux en silence.

— Quoi ? l'enfant demandait dans l'obscurité.

Madame von Bartmann frissonnait.

— Es-tu en train de penser ? elle disait.

— Non, l'enfant a répondu.

— Alors *fais-le*, madame von Bartmann a dit très fort. Réfléchis à tout, le bon, le mauvais, l'indifférent. Tout, et *fais* tout, *tout*. Essaie de savoir ce que tu es avant de mourir. Et reviens-moi une bonne personne, elle disait en mettant la tête en arrière et en avalant, les yeux fermés.

Elle s'est levée alors et s'est éloignée le long de la nef formée par les arbres.

Cette même nuit au moment du coucher, madame von Bartmann, pelotonnée dans un lit à baldaquin tendu de roses de lin tuyauté et sentant la lavande, criait à travers les rideaux :

— Richter, est-ce que tu joues du piano ?

— Oui, Richter a répondu.

— Joue-moi quelque chose.

Richter entendait sa mère se retourner lourdement, soupirant d'aise.

D'une façon émouvante, avec ses jambes fragiles dirigées vers les pédales, Richter, qui avait peu de technique et une touche légère, jouait quelque chose de Beethoven.

— Bravo ! sa mère a crié.

Elle a joué encore et cette fois c'était le silence en provenance du lit à baldaquin. L'enfant a fermé le piano, arrangeant le velours par-dessus l'acajou, a éteint la lumière et est sortie par le balcon, toujours secouée de frissons dans son manteau court.

Après avoir évité sa mère pendant quelques jours, Richter est entrée dans sa chambre, avec l'air timide, effrayé, offensé. Elle a parlé sans détour, en épargnant ses mots.

— Mère, si tu permets, je voudrais t'annoncer mes fiançailles avec Gerald Teal. Elle était guindée. Père avait donné son consentement. Il le connaissait depuis des années : donc si tu es d'accord...

— Grands dieux ! madame von Bartmann s'est exclamée. Et elle a fait volte-face d'un seul mouvement sur sa chaise. Qui est-ce ? Comment est-il ?

— C'est un employé de bureau, un fonctionnaire. Il est jeune...

— Est-ce qu'il a de l'argent ?

— Je ne sais pas : père a regardé à cela.

Il y avait un air de souffrance et de soulagement sur la figure de madame von Bartmann.

— Très bien, elle a dit. Je dînerai avec vous deux à huit heures et demie précises.

A huit heures et demie précises, ils étaient en train de dîner. Madame von Bartmann, assise au haut de la table, écoutait parler Mr. Teal.

— Je ferai de mon mieux pour rendre votre fille heureuse. Je suis un homme d'habitudes régulières, plus trop jeune, il souriait. J'ai une maison dans les faubourgs de Nice. J'ai un revenu assuré du peu que m'a laissé ma mère. C'est ma sœur qui tient ma maison, une demoiselle, mais très gaie et très bonne. Il s'est arrêté, tenant son verre de vin contre la lumière. Nous voudrions avoir des enfants... Richter sera occupée. Comme elle est de santé délicate, nous irons à Vichy une fois par an. J'ai deux très beaux chevaux et une voiture avec de bons ressorts. Elle prendra la voiture l'après-midi quand elle ne sera pas bien... j'espère pourtant que son plus grand bonheur c'est à la maison qu'elle le trouvera.

Richter, assise à la droite de sa mère, ne levait pas la tête.

Deux mois plus tard, madame von Bartmann était de nouveau dans ses habits de voyage, chapeautée et voilée, serrant la lanière de son parapluie tandis qu'elle attendait le train pour Paris, debout sur le quai. Elle a serré la main de son gendre, embrassé la joue de sa fille et est montée en deuxième classe, dans un compartiment de fumeurs.

Après que le train s'est ébranlé, madame Erling von Bartmann a lissé ses gants en travers de sa main, lentement, des doigts aux poignets, en les étirant fermement sur son genou.

— Ah ! c'était bien la peine.

CASSATION

Que pensez-vous de l'Allemagne au printemps, madame ? C'est charmant à cette saison-là, vous ne trouvez pas ? C'est immense, propre, il y a la Sprée sombre, étroite, qui serpente... et les roses ! Oui, dans les vitrines, les roses jaunes et les Américains vivants et bavards traversant des Allemands en groupe qui dévisagent par-dessus leurs *steins* ces femmes rieuses et légères.

C'est ainsi qu'était le printemps il y a trois ans quand je suis arrivée de Russie à Berlin. Je venais d'avoir seize ans et j'avais la danse au cœur. C'est quelquefois comme ça, pendant des mois on a une seule chose à cœur et puis... il s'agit tout d'un coup de quelque chose d'autre, *nicht wahr ?* J'allais souvent au café à l'autre bout du Zelten pour manger des œufs et boire du café en regardant la subite averse des moineaux. Ils tapaient la table de leurs pattes tous ensemble, tous ensemble ils nettoyaient les miettes et tous ensemble ils s'envolaient dans le ciel, alors le café se trouvait aussi subitement sans oiseaux qu'il avait été subitement plein d'oiseaux.

Il y avait une femme qui y venait quelquefois, à

peu près en même temps que moi, vers quatre heures de l'après-midi. Une fois elle a amené avec elle un petit homme très vague, à l'air rêveur. Il faut d'abord que je vous explique quel air elle avait : elle était *temperamentvoll*, elle était grande, elle était *kraftvoll* et elle était mince. A cette époque-là elle devait avoir quarante ans. Elle était somptueusement vêtue mais avec négligence. On aurait dit qu'elle avait peine à garder ses vêtements : ses épaules en sortaient, sa jupe ne tenait que par un crochet et elle avait perdu son sac à main. Mais surtout elle était barbare à force de bijoux et, quand elle entrait dans le café, elle y apportait avec elle quelque chose de déterminé et de tragique comme si elle avait été le centre d'un tourbillon et ses vêtements des débris temporaires.

Quelquefois elle gloussait aux moineaux et d'autres fois elle parlait aux *wienschenk* en se pressant les doigts avec tant de force que ses bagues ressortaient et qu'on pouvait voir à travers, car elle était à la fois vivace à l'extrême et épuisée. Quant à son joli petit homme, comme elle lui parlait en anglais, je ne savais pas d'où ils venaient.

Puis une semaine je suis restée sans aller au café parce que j'essayais d'entrer au Schauspielhaus. J'avais appris qu'on cherchait une danseuse et je voulais à tout prix obtenir le rôle, alors bien sûr je ne pensais qu'à ça. J'errais toute seule au Tiergarten ou bien je déambulais le long de la Sieges-Allee où sont avec des airs de veuves toutes les statues des grands empereurs. Puis tout d'un coup le Zelten m'est revenu à l'esprit avec les oiseaux et cette grande femme bizarre. Alors j'y suis retournée et elle était là, assise dans le jardin, sirotant de la bière, chut-chuchetant pour les moineaux.

Quand je suis entrée, immédiatement elle s'est levée pour venir à ma rencontre et me dire :

— Eh bien, mais vous m'avez manqué ! Comment allez-vous ? Vous auriez dû me dire que vous partiez et j'aurais vu ce que je pouvais faire. Elle parlait comme ça, d'une voix qui touchait le cœur parce qu'elle était si claire et inentamée. J'ai une maison qui donne sur la Sprée, elle disait. Vous auriez pu venir chez moi. C'est une énorme, une grande maison. Vous pourriez avoir une chambre voisine de la mienne. On n'y vit pas facilement, mais c'est joli... de style italien, vous voyez, comme les intérieurs qu'on voit dans les peintures vénitiennes où des jeunes filles couchées rêvent de la Vierge Marie. Vous êtes vouée, donc vous y dormiriez très bien si vous essayiez.

Je ne sais pas pourquoi mais cela ne me semblait pas du tout bizarre qu'elle vienne vers moi et qu'elle me parle. Je lui ai dit qu'un jour je viendrais la rejoindre au jardin, nous pourrions aller « à la maison » ensemble. Ça avait l'air de lui faire plaisir et de ne pas l'étonner.

Et un soir nous sommes arrivées au jardin en même temps. Il était tard et les violons jouaient déjà. Nous nous sommes assises ensemble sans rien dire, uniquement pour écouter la musique et admirer le jeu de l'unique femme de l'orchestre. Elle était très absorbée par le mouvement de ses doigts, on aurait dit qu'elle se penchait par-dessus son menton pour les regarder. Ensuite la dame s'est levée tout d'un coup en laissant derrière elle une petite pluie de pièces de monnaie et je l'ai suivie jusqu'à une grande maison où elle s'est introduite avec une clef de cuivre. Elle s'est dirigée vers la gauche et est entrée dans une chambre sombre où elle a allumé les lumières et elle a dit en s'asseyant :

— Voilà où nous dormons, voilà comment c'est.

Tout était en désordre, coûteux et lugubre. Tout était haut et massif ou bien ample et large. Une commode s'élevait au-dessus de ma tête. Le fourneau de porcelaine blanche, émaillé de fleurs bleues, était énorme. Le lit était si haut qu'on ne pouvait pas le voir autrement que comme quelque chose à conquérir. Les murs n'étaient que rayonnages et tous les livres étaient reliés en maroquin rouge, avec, au dos de chacun, estampées d'or, des armes alambiquées et écrasantes. Elle a sonné pour avoir du thé et s'est mise à retirer son chapeau.

Une grande toile pendait au-dessus du lit. La peinture et le lit couraient à la rencontre l'un de l'autre et les croupes énormes des étalons étaient freinées par les oreillers. Les généraux, faisant rage à travers la fumée en rouleaux et les rangs sanglants des mourants, avaient l'air, avec leurs casques étrangers et leurs épées dégouttantes, de charger le lit fourragé et dévasté à l'extrême et si énorme. Les draps traînaient, le couvre-lit pendait, déchiré, et ses plumes bougeaient sur le plancher, tremblant dans le vent léger qui venait de la fenêtre ouverte. La dame souriait de façon triste et grave mais elle ne disait rien et ce n'est qu'un peu plus tard que j'ai vu l'enfant couché au milieu des oreillers, un petit enfant de trois ans à peine, faisant un bruit menu comme le bourdonnement d'une mouche et je l'avais bien pris pour une mouche.

Elle ne parlait pas à l'enfant et même elle ne lui accordait pas plus d'attention que s'il avait été dans son lit sans qu'elle le sache. Quand on a apporté le thé, elle l'a versé mais sans en prendre, elle buvait à la place du vin du Rhin à petits coups.

— Tu vois comment est Ludwig, elle disait d'une voix éteinte et désolée. Nous nous sommes mariés il y a longtemps, il n'était alors qu'un enfant. Moi, je suis italienne, mais j'ai appris l'anglais et l'allemand dans une troupe ambulante. Toi, il faut que tu abandonnes le ballet... le théâtre... la scène, elle disait tout à trac. Je ne sais pas pourquoi mais je n'ai pas trouvé bizarre qu'elle sache tout de mon ambition quoique je ne l'aie pas mentionnée. Car tu n'es pas faite pour la scène, elle poursuivait. Il te faut plus de calme, plus de retrait. Tiens, j'aime beaucoup l'Allemagne et j'ai vécu ici un bon nombre d'années. Tu vas rester, tu verras. Tu vois comment est Ludwig et tu remarques qu'il n'est pas fort : il décline sans arrêt, tu dois bien l'avoir remarqué. Il ne faut pas le contrarier car il ne peut rien supporter. Il a sa chambre.

Elle semblait fatiguée tout d'un coup. Elle s'est levée, s'est jetée en travers du lit, au pied, et s'est endormie presque aussitôt, avec ses cheveux tout autour d'elle. Alors je suis partie mais je suis revenue cette même nuit et j'ai tapé au carreau. Elle est venue à la fenêtre, elle a fait un geste et elle réapparaissait maintenant à une autre fenêtre à droite de la chambre à coucher : de la main elle me faisait signe de monter. J'ai grimpé pour entrer dans la chambre et ça ne me dérangeait nullement qu'elle n'ait pas ouvert la porte pour moi. La chambre n'était pas éclairée sinon par la lune et par deux bougies qui brûlaient devant la statue de la Vierge.

C'était une belle chambre, madame, *traurig* comme elle disait. Tout y était imposant, vieux et sinistre. Les rideaux du lit étaient de velours rouge à franges d'or torsadées, de style italien, vous voyez. Le couvre-lit rouge foncé était également de velours avec la même frange d'or et par terre, à côté du lit, il y avait un socle avec par-dessus un coussin rouge à glands et sur le coussin une Bible ouverte, en italien.

Elle m'a donné une chemise de nuit longue qui descendait plus bas que mes pieds et pouvait se remonter presque jusqu'aux genoux. Elle a défait mes cheveux qui à cette époque-là étaient longs et blonds. Elle les a tressés en deux nattes. Elle m'a fait mettre par terre à côté d'elle puis elle a récité une prière en allemand, ensuite en italien et elle a terminé par : Que Dieu te bénisse ! Et je me suis mise au lit. Je l'ai aimée beaucoup parce qu'il n'y a rien eu entre nous sauf cette étrange préparation au sommeil. Ensuite elle est partie. J'ai entendu l'enfant pleurer pendant la nuit, mais j'étais fatiguée.

Je suis restée un an. La scène m'était sortie du cœur. Je m'étais faite la *religieuse* d'une gentille religion qui a commencé avec la prière que j'ai répétée après elle la première nuit et avec la façon dont je me suis endormie quoique nous n'ayons jamais recommencé ce cérémonial. Ma religion a grandi au milieu des meubles, de l'atmosphère de toute la chambre, de la Bible ouverte à une page que je ne pouvais pas lire : mais comme elle était dépourvue de besoin, madame, elle n'avait peut-être rien de saint et dans ses formes elle n'était pas comme elle aurait dû être. Mais c'est que j'étais heureuse et j'ai vécu là pendant un an. Je ne voyais presque jamais Ludwig, pas plus que Valentine, car tel était le nom de son enfant, une petite fille.

Néanmoins je savais à la fin de cette année que dans d'autres parties de la maison ça n'allait pas. Elle allait et venait la nuit, je l'entendais. Quelquefois Ludwig était avec elle, je l'entendais pleurer et parler mais je n'entendais pas ce qu'il disait. On aurait dit une leçon à un enfant pour qu'il la répète et si c'était le cas il ne pouvait pas y avoir de réponse car l'enfant ne proférait jamais aucun son si ce n'est ce cri bourdonnant.

Quelquefois c'est merveilleux en Allemagne, *nicht wahr*, madame ? Il n'y a rien de tel qu'un hiver allemand. Nous marchions, elle et moi, autour du Palais impérial, elle flattait de la main les canons et elle disait qu'ils étaient superbes. On parlait de philosophie car elle était agitée par son trop de penser, cependant elle en arrivait toujours à la même conclusion qu'il faut être ou essayer d'être comme tout le monde. Elle m'expliquait qu'être dans sa propre personne tout le monde à la fois, c'est ça la sainteté. Elle me disait que personne ne comprend ce que signifie « aime ton prochain comme toi-même ». Cela veut dire, elle disait, qu'il faudrait être à la fois comme tout le monde *et* soi-même, alors, elle disait, on est à la fois démuni et puissant.

Quelquefois on aurait dit qu'elle y arrivait, qu'elle était toute l'Allemagne, en tout cas de tout son cœur italien. Elle avait une cohérence si irréparable et une telle détresse cependant qu'elle me faisait peur sans me faire peur.

Il en était ainsi, madame, elle semblait souhaiter qu'il en soit ainsi et pourtant la nuit elle était hors d'elle et dans tous ses états, je l'entendais marcher de long en large dans sa chambre.

Puis une nuit elle est venue et m'a réveillée en me disant qu'il fallait que j'aille dans sa chambre. La chambre était dans le plus terrible désordre. Il y avait là un petit lit de camp qui n'y était pas auparavant. Elle me l'a montré en disant qu'il m'était destiné.

L'enfant était couché dans le grand lit contre un gros oreiller de dentelle. Elle avait quatre ans maintenant et elle ne marchait toujours pas. Et je ne l'ai jamais entendue dire quoi que ce soit ou produire un autre son que ce cri bourdonnant. Elle avait la beauté corrompue des enfants idiots. C'était une bête sacrée sans preneur, marquée par l'innocence et le temps perdu, avec des pauvres cheveux couleur de miel, toute pareille aux anges nains des images pieuses et des valentines, j'espère que vous me comprenez, madame : quelque chose qu'on a gardé pour un jour spécial qui n'arriverait jamais et non pas pour la vie. Et ma dame parlait tranquillement mais je ne reconnaissais rien de sa disposition passée.

— Il faudra que tu dormes ici maintenant, elle disait. Je t'ai amenée ici pour le cas où j'aurais besoin de toi et j'ai besoin de toi. Il faut que tu restes ici, il faut que tu restes pour toujours. Ensuite, elle a dit : Tu vas le faire ? Et j'ai dit que, non, je ne pouvais pas faire ça.

Elle a ramassé la chandelle et l'a posée sur le plancher à côté de moi et s'est agenouillée en mettant ses bras autour de mes genoux.

— Vas-tu être un traître, elle disait. Est-ce que tu es venue dans ma maison, la maison de Ludwig, la maison de mon enfant pour nous trahir ? Et j'ai dit, non, que je n'étais pas venue pour trahir. Alors elle a dit : Tu feras ce que je dirai de faire. Je t'apprendrai tout doucement, ce ne sera pas trop dur pour toi, pourtant il faudra que tu oublies, il faudra que tu oublies *tout*. Il faudra que tu oublies toutes les choses que les gens t'ont dites. Il faudra que tu oublies les raisonnements et la philosophie. Je n'aurais jamais dû te parler de ces choses. J'ai cru que ça t'apprendrait à aller au ralenti avec son esprit, à défaire le temps pour elle à mesure qu'il passe, à atteindre à son dénuement et à sa dépossession. Je t'ai mal élevée. C'était vanité. Tu vas

26

faire mieux. Pardonne-moi. Elle a mis ses mains à plat sur le plancher, sa figure contre ma figure. Tu ne quitteras plus jamais cette chambre. C'était vanité, grande vanité que de te prendre dehors dans les rues. Maintenant tu vas rester ici sagement et tu vas voir : tu aimeras ça, tu apprendras à aimer ça plus que tout. Je t'apporterai ton petit déjeuner, ton déjeuner et ton dîner. Je vous l'apporterai moi-même à toutes les deux. Je te prendrai sur les genoux, je te ferai manger comme les oiseaux. Je te bercerai pour t'endormir. Tu ne raisonneras plus avec moi... les débats sur l'homme et sa destinée, c'est fini... l'homme n'a pas de destinée... c'est mon secret ça... je te l'ai caché jusqu'à maintenant, je l'ai réservé pour ce moment. Quelle est la raison pour laquelle je ne te l'ai pas dit ? C'est sans doute que je voulais garder jalousement ce savoir, oui c'est sûrement ça, mais maintenant je te le donne, je le partage avec toi. Je ne suis plus une jeune femme, elle disait en tenant toujours mes genoux. Ludwig n'était qu'un enfant quand Valentine est née. Elle s'est levée pour se mettre derrière moi. Il n'est pas fort et il ne comprend pas que les faibles, c'est ce qu'il y a de plus fort au monde, parce qu'il est l'un d'eux. Il ne peut pas aider Valentine et l'un et l'autre sont sans pitié ensemble. J'ai besoin de toi, il faut que ce soit toi. Elle s'est mise tout à coup à me parler comme si elle parlait à l'enfant et je ne savais plus à laquelle de nous deux elle s'adressait. Ne répète pas ce que je te dis après moi. Pourquoi les enfants devraient-ils répéter ce que les gens leur disent ? Le monde tout entier n'est autre que du bruit, plus chaud que l'intérieur de la gueule d'un tigre. On appelle ça civilisation... mensonge ! Pourtant un jour peut-être il faudra que tu ailles dehors, quelqu'un essaiera de t'emmener et tu ne les comprendras pas, ni eux ni ce qu'ils disent, mais tu t'en sortiras pourvu que tu ne comprennes rien, absolument rien. Elle est allée se mettre le dos au mur pour nous faire face. Voilà, tout est fini, tout est parti, ce n'est pas la peine d'avoir peur, il n'y a plus que toi, elle disait. Les étoiles sont dehors et la neige tombe et recouvre le monde, les haies, les maisons et les réverbères. Non ! Non, attends ! elle parlait toute seule. Je vais te faire mettre debout sur tes pieds, je vais te ligoter de rubans et on va aller dehors ensemble au jardin où il y a des cygnes, des fleurs, des abeilles, des bestioles. Il y aura des étudiants parce que c'est l'été et ils seront dans leurs livres... Elle s'est interrompue et a repris ensuite son discours insensé mais cette fois comme si c'était bien à l'enfant qu'elle s'adressait. Katya va aller avec toi. Elle sera là pour t'instruire, pour te dire qu'il n'y a pas de cygnes, pas de fleurs, pas de bestioles, pas de jeunes hommes... qu'il n'y a *rien*, rien du tout, tout à fait ce qui te plaît. Pas d'esprit, pas de pensée ou quoi que ce soit. Des cloches ne sonneront pas, des gens ne parleront pas, des oiseaux ne voleront pas, des jeunes hommes ne remueront pas, il n'y aura pas de naissance ou de mort, pas de chagrin, pas de rires, pas d'embrassades, pas de larmes, pas de terreur, pas de joie. Pas de manger, pas de boire, pas de jeux, pas de danses. Pas de père, pas de mère, pas de sœurs, pas de frères... Il n'y aura que toi, Toi uniquement.

Je l'ai fait arrêter et je lui ai dit :

— Gaya, pourquoi est-ce que tu souffres tant ? Que faut-il que je fasse ? J'ai essayé de la prendre dans mes bras mais elle s'est dégagée avec violence en criant :

— Tais-toi ! Puis elle a dit en approchant sa figure de la mienne : Elle n'a pas de griffes pour s'accrocher, elle n'a pas le pied chasseur, elle n'a pas de gueule pour saisir la viande... *vacance* à la place !

Alors je me suis levée, madame. Il faisait très froid dans la chambre. Je suis allée à la fenêtre et j'ai écarté le rideau. C'était une nuit brillante et pleine d'étoiles et je suis restée à la fenêtre, ma tête appuyée contre le montant, sans rien dire. Quand je me suis retournée vers elle, elle me regardait en écartant les mains et j'ai su qu'il fallait que je la quitte et m'en aille. Je me suis donc approchée d'elle et j'ai dit :

— Adieu, ma Dame. Et je l'ai laissée pour aller mettre mes vêtements de rue. Quand je suis revenue, elle était adossée, les bras ballants, contre le tableau de bataille. Je lui ai dit sans m'approcher d'elle : Adieu, mon amour. Et je suis partie.

Quelquefois c'est beau Berlin, *nicht wahr*, madame ? Mais j'avais à cœur quelque chose d'autre, j'avais une envie passionnée de voir Paris, il fallait donc bien que je dise *lebe wohl* à Berlin.

Je suis retournée une dernière fois au café du Zelten. J'ai mangé mes œufs, bu mon café et regardé les oiseaux aller et venir comme ils l'avaient toujours fait... présents tous ensemble et puis partis tous ensemble. J'avais l'esprit content car il en va ainsi avec mon esprit, madame, quand je m'en vais.

Néanmoins je suis retournée chez elle mais une seule fois. Je suis entrée sans aucune difficulté par la porte, car toutes les portes et les fenêtres étaient ouvertes... c'était peut-être un jour de balayage. Je me suis rendue à la chambre à coucher et j'ai frappé à la porte mais sans obtenir de réponse. Je suis entrée, elle était là dans le lit avec l'enfant. Elle et l'enfant faisaient ce même cri bourdonnant. Il n'y avait pas de sons humains entre elles et comme d'habitude tout était en désordre. Je me suis appro-

chée d'elle mais elle ne semblait pas me reconnaître. Je lui ai dit :

— Je pars. Je vais à Paris. J'ai en moi une envie
passionnée d'être à Paris. Alors je suis venue te dire
adieu.

Elle est descendue du lit et m'a raccompagnée à
la porte. Elle disait :

— Pardonne-moi... j'ai eu confiance en toi... je
me suis trompée. Mais tu vois j'y arrive : je ne savais
pas que je pouvais le faire moi-même. Puis elle est
retournée au lit et elle disait : Va-t'en ! Et je suis
partie.

Les choses sont comme ça quand on voyage, *nicht
wahr*, madame ?

LA GRANDE MALADE

Et voilà, madame, on était à Paris, ma sœur
Moydia et moi. Moydia avait quinze ans et moi dix-
sept et on ne se sentait pas de jeunesse. Moydia a
la peau si fine que je reste à la regarder en me
demandant comment elle fait pour avoir des opi-
nions. Elle est toute blanche sauf ses pommettes
qui étaient alors d'un rose rouge. Ses dents sont des
dents de lait et elle a une drôle de petite figure très
jolie. Elle avait envie d'être comme les Françaises
de la grande époque, *tragique*, *triste* et « terrible » à
la fois, mais en plus féroce, en moins *pur* peut-être,
et elle voulait pourtant mourir et renoncer au cœur
comme une vierge. Voilà bien une noble mais
impossible ambition, *n'est-ce pas*, madame ? C'est
ainsi avec Moydia. Quand on vivait en Norvège, on
s'asseyait au soleil pour lire Goethe et on n'était pas
d'accord avec lui du tout :

— Il est *pompeux*, trop *assuré* et bien trop *facile*,
cet individu, elle disait en serrant les dents. Oui,
mais dans ce cas les gens disent que nous n'y
connaissons rien.

Moydia et moi on est russes et on n'aurait jamais

su que notre grand-mère était juive s'il n'était arrivé quelque chose de terrifiant, un accident tel qu'on n'en avait encore jamais connu... Comment ça ? C'est que notre grand-mère a eu la *permission* de boire du champagne sur son lit de mort et, vous savez, le champagne, leur religion l'interdit aux juifs. Alors, « damnée pour damnée (à la fois dans son agonie *et* d'avoir cette « permission »), elle a forcé mère à boire du champagne à son tour, afin qu'elle vive damnée comme la mourante dans sa dernière extrémité. Juives, donc, on l'est et on ne l'est pas. On est *d'où* on est. En Pologne, on est polonaises, en Hollande, on est hollandaises et ici, en France, on est françaises. Un jour, madame, vous verrez, on ira en Amérique et on sera américaines.

Maintenant j'ai oublié tout ce que je savais du polonais, du russe et du hollandais, sauf un poème pourtant. Ah ! ce poème, ce petit morceau de poème ! Un truc très émouvant, lourd, doux... un fragment de langage. Il fait que tout le corps se sent de la compassion parce qu'il est comme une statue grecque, mutilé quoique entier, et en même temps, madame, complet comme une vie.

Maintenant que je suis à Paris, je rend hommage à Paris. Au début c'était avec un grand chapeau. Je ne suis pas grande, vous savez, et normalement un grand chapeau ne me va pas. Je l'ai tout de même mis en hommage. C'était un brouillamini de fleurs avec une plume souple qui ressortait tellement que ma figure y était au milieu d'un jardin. Maintenant je ne le mets plus. Il m'a fallu pour ça remonter dans ma connaissance jusqu'au souvenir de mon père qui est l'endroit d'où je peux le considérer et savoir quel air il avait quand il revenait de la neige fraîche. Je ne le voyais pas vraiment alors. Maintenant je vois qu'il était réellement beau durant toute cette période où je n'y pensais pas du tout... avec sa toque d'astrakan, son manteau à brandebourgs et tous ses boutons d'argent, avec ses hautes bottes brillantes qui le prenaient juste au-dessous du genou. Puis je me rappelle la fenêtre d'où je regardais en bas et apercevais la calotte d'un certain chapeau... un feutre rouge extraordinaire, mystérieux. Maintenant donc en hommage pour cet homme je porte de petits chapeaux. Un jour quand j'aurai de l'argent, j'aurai des chaussures plus hautes qui m'iront jusqu'au genou. Voilà pour moi, madame, mais pour Moydia ce n'est pas pareil. Elle a un *beau souvenir au présent* qui tourne autour d'une cape et par conséquent maintenant elle porte une cape, tant que quelque chose d'encore plus austère ne viendra pas chasser la cape. Mais il me faut vous expliquer.

D'abord, comme j'ai dit, nous sommes très jeunes, et, avec de l'audace en plus, on devient facilement *tragique*, n'est-ce pas ? Ainsi Moydia, qui a pourtant deux ans de moins que moi, s'est consumée presque tout d'un coup.

Vous savez comment c'est Paris en automne, quand l'été quitte les feuilles. Il y a deux automnes que je suis ici avec Moydia. Le premier était triste mais léger au cœur, comme quand on a tous ses amants en vie malgré le froid. On marchait dans les Tuileries, moi avec ma petite casquette et Moydia avec un manteau de laine, car c'était la sorte de manteau qu'alors elle portait. On achetait des bonbons bleus et roses devant le Guignol et on riait quand les marionnettes se rossaient, Moydia avec sa figure tendue sous sa peau au parfum de citron et des larmes qui lui coulaient des yeux à cause de la perfection de toute chose : les marionnettes au combat, les arbres nus, le sol tout encombré de leurs feuilles... et aussi le bassin. On s'arrêtait au bassin. L'eau était pleine jusqu'au bord de feuilles de nénuphar et Moydia disait que c'était bien dommage que les femmes se jettent dans la Seine pour n'être plus qu'un élément de sa tristesse au lieu de se jeter dans un bassin aussi parfait que celui-ci, où c'est l'eau qui deviendrait leur élément. On se désespérait car les gens ne vivent ni ne meurent en beauté et ils ne prévoient jamais rien et séance tenante on disait qu'on allait faire mieux.

Après ça et presque aussitôt j'ai remarqué que Moydia devenait un peu trop expansive. Elle versait son sucre dans son thé de trop haut et elle parlait très vite. Voilà où en étaient les choses cet automne-là avec ma sœur Moydia.

Et bien sûr on a attrapé tout d'un coup des goûts maniérés. On accrochait de grands rideaux au-dessus de notre lit, on parlait d'amants, on fumait. Et moi je me promenais avec des pantalons de satin en hommage à la Chine qui est un pays extraordinaire qui a de la *majesté* parce qu'on ne peut pas le connaître. C'est comme un gros livre qu'on peut lire mais sans le comprendre. Ainsi je parlais de la Chine à Moydia et on gardait trois oiseaux qui ne chantaient pas en guise de symbole du cœur chinois. Et Moydia se couchait sur son lit, elle était de plus en plus agitée, comme une histoire qui n'a ni début ni fin, rien qu'une passion semblable à l'éclair.

Elle passait son temps à gigoter, les jambes en l'air, à déchirer des mouchoirs et à pleurer dans son oreiller. Mais quand je lui demandais pourquoi elle faisait tout ça, elle se redressait et disait d'un ton larmoyant :

— Parce que je veux *tout* et me consumer dans ma jeunesse !

Un jour donc, elle a tout connu. Moi ce n'est pas

pareil, bien que j'aie deux ans de plus que Moydia. Je vis plus lentement, seules les femmes m'écoutent tandis que Moydia les hommes l'adorent. Ils ne l'écoutent pas d'ailleurs, ils la regardent. Ils la regardent quand elle s'assied et quand elle marche. Elle s'est mise brusquement à marcher et à s'asseoir tout autrement. Ses mouvements faisaient tous une sorte de tempête *malheureuse*. Elle avait un amant, elle riait et elle pleurait à plat ventre sur son lit en pleurnichant :

— Ah ! c'est *merveilleux* !

Et peut-être en effet, madame, c'était merveilleux. Parmi tous ses admirateurs, elle avait choisi le plus connu, nul autre que monsieur X. Sa grande renommée l'avait aminci. Il s'habillait très *soigneusement*, vous savez, avec des gants blancs, des guêtres et une cape, un très beau truc avec un col militaire. Il était *grave* et *rare* et vous regardait fixement, d'un œil pas du tout, mais l'autre guettait derrière son monocle pareil à l'œil sans paupière d'un poisson qui se tient en eau profonde. Il était le *protégé* d'un baron. Le baron l'aimait beaucoup, il l'appelait son *poupon prodigieux* et ils faisaient des farces ensemble pour amuser le Faubourg. Voilà en ce qui concerne monsieur X, du moins du temps de sa gloire, quand il était, disons, la *belle d'un jour*, occupé à écrire des fables sur les souris et les hommes. Mais il terminait toujours ses histoires par des paragraphes *très âcres* contre les femmes.

Moydia s'est mise à cultiver une voix de gorge. Elle était devenue une *habituée* de l'Opéra. Féroce et papillonnante, elle dansait autour de monsieur X pendant l'*entracte*, tirant sur ses fleurs et en éparpillant les lambeaux autour d'elle tandis qu'elle allait fredonnant :

— *Je suis éternellement* !

Les assistants considéraient ça d'un mauvais œil mais le baron était enchanté.

Comme ma sœur et moi on avait toujours été beaucoup ensemble, de même alors on était beaucoup ensemble. Quelquefois j'allais rendre visite au baron avec elle et j'ai passé beaucoup d'heures dignes rien qu'à les observer. Quand le baron recevait, il était très gai et maîtrisait bien son espèce d'immaturité âgée. Moydia jouait les chatons ou la grande dame suivant les besoins du moment. Si monsieur X paraissait l'oublier, même un instant, elle faisait la *gamine*, lui tirant la langue quand il avait le dos tourné, lui disant d'une voix sifflante :

— Ah ! tu es belle !

Sur quoi il se retournait, riait et elle lui tombait tout d'un bloc sur les genoux, raide et *engagée*. Il passait un bon moment à la cajoler et à lui demander ce qu'elle avait, de sa voix légèrement éraillée, féminine. Une fois, elle ne voulait pas ouvrir les yeux et elle criait et lui faisait toucher son cœur, en disant :

— N'est-ce pas que le monstre bat comme un fou ? Et il la taquinait pour qu'elle en dise la cause.

Alors battant des mains, elle a fondu en larmes et a crié :

— Je vous donne avec mon corps beaucoup trop de destinées. Je suis Marie en route pour la *guillotine*. Je suis Marie la Sanglante sans avoir vu le sang. Je suis Desdémone mais où est mon Othello ? Je suis Hécube et Hélène. Je suis Grétel et Brunehilde. Je suis Nana et Camille. Mais je ne m'ennuie pas autant qu'elles. Quand donc vais-je m'ennuyer *comme il se doit* ?

Il s'ennuyait, lui, et il l'a fait descendre de ses genoux. Alors elle s'est jetée sur lui, lui a tiraillé les vêtements et déchiré ses gants. Puis avec un souverain calme elle a dit :

— Je suis sidérée du peu que je vous aime.

Mais une fois à la maison, il m'a fallu la mettre au lit. Elle tremblait, elle riait et elle avait l'air d'avoir de la fièvre.

— As-tu vu sa figure ? C'est un monstre, un produit du *malaise*. Il *veut* que je sois son sacristain. Il voudrait que je l'enterre. J'en suis sûre, Katya. Pas toi ? C'est un vieux bonhomme. Il en est arrivé à sa fin mortelle. Il est bestialement aux prises avec le mot « fin ». Mais la Mort lui a donné un sursis. Oh ! je l'adore, elle criait. Je l'adore, je l'adore, oui, je l'adore ! Et elle a refusé de le voir, ce qui l'a mis tout à fait hors de lui, au point qu'il est venu en personne. Elle s'est mise à courir devant lui sur toute la longueur du hall. J'entendais le claquement aigu de ses talons et sa voix zézayante qui chantonnait la citation :

— *Le héron au long bec emmanché d'un long cou*. Et elle entrait d'un bond dans le jour en s'exclamant : *C'est La Fontaine, La Fontaine magnifique !*

Et on entendait le tapement de sa canne derrière elle.

Puis l'automne dernier, avant que ce dernier hiver s'installe (vous n'étiez pas encore là, madame), Moydia est allée en Allemagne pour rendre visite à papa et avant son départ on a veillé toute la nuit, Moydia, son amant et moi. Nous avons trop bu, j'ai chanté ma chanson hollandaise et parlé longtemps de façon incohérente de mon père, de sa toque, de ses bottes et de ce magnifique manteau qu'il avait. A Moydia cela faisait plaisir et cela me faisait également plaisir, mais pour monsieur X on faisait sûrement figure de mendiantes en train de se rappeler une richesse passée. Donc j'ai dansé une danse tartare, en enrageant que mes bottes n'atteignent pas mes genoux et pendant ce temps Moydia avait la tête appuyée contre l'épaule de son amant, tous deux étaient soudés comme s'ils avaient été un emblème. Cependant quand j'ai eu fini de tournoyer il m'a appelée et m'a chuchoté que j'aurais bientôt une paire de grandes bottes et j'en ai eu une grande joie. Mais Moydia a sauté :

— Je n'aime pas cet individu-là, Coucou. Ou bien je l'aime ? Dans ses moments d'affection elle l'appelait toujours Coucou, comme s'il s'était agi de quelqu'un d'autre. Je n'aime Coucou que quand je suis soûle. Et comme pour le moment je ne suis pas soûle du tout, je ne l'aime donc pas du tout. Oh ! nous autres, femmes russes, nous buvons énormément mais c'est pour devenir plus sobres. Et ça c'est quelque chose dont les autres peuples ne tiennent pas assez compte, n'est-ce pas Katya ? C'est parce que nous sommes trop extravagants que nous n'atteignons pas à la justice... nous atteignons la poésie. Vous voyez, vous m'adorez et je vous le *permets*, elle disait, car c'est ainsi avec les Polonaises.

— Les Russes, il a corrigé. Et il était là à regarder fixement le mur à travers le montant de son monocle.

Donc Moydia partait en Allemagne pour rendre visite à papa qui est voyageur de commerce maintenant : il achète et vend des diamants. Il nous envoie de l'argent à condition de nous voir au moins une fois par an. Il est ainsi. Il dit qu'il ne va pas laisser ses filles tourner en une chose pour laquelle il n'aimerait pas payer. Il nous envoie parfois de l'argent de Russie, parfois de Pologne, parfois de Belgique ou bien d'Angleterre. Il a dit qu'il allait venir un jour à Paris, mais il ne vient pas. On s'y perd dans toutes ces sortes d'argent, on ne sait jamais ce qu'on va pouvoir dépenser, il faut faire très attention, ce qui est peut-être le but recherché. Mais à ce moment-là Moydia avait perdu toute prudence. Elle s'est acheté une nouvelle robe pour plaire à monsieur X, dans laquelle voyager et qui, en même temps, n'alerte pas père. C'était donc une robe pleine d'astuce, très subtile et émouvante. Elle était tout en plumetis, avec un corsage très serré et sur le corsage, entre les seins, il y avait, brodé au fil très fin, un agneau égorgé. Cela voulait tout dire, vous voyez, et rien dire aussi bien. Et cela pouvait satisfaire père et amant à la fois.

Après qu'elle a été partie, j'allais tous les après-midi au café pour attendre son retour. Elle ne devait pas rester partie plus de deux semaines. C'était l'automne où j'ai ressenti une grande tristesse, madame. Je lisais énormément et je marchais, seule. J'avais besoin de solitude. Je suis allée aux Tuileries une fois de plus pour visiter le bassin. Je marchais sous les arbres où le vent était froid et il y avait là beaucoup de gens qui n'avaient pas l'air gai. Cette année-là l'automne n'était pas venu de la même manière. Déjà en septembre il était accablant. On aurait dit qu'un catafalque s'apprêtait à entrer dans Paris venant de très loin et que tout le monde le savait. Les hommes boutonnaient étroitement leurs manteaux et les femmes penchaient leurs ombrelles comme s'il allait pleuvoir.

Dix jours ont donc passé et le climat était pesant avec un brouillard qui effaçait presque tout. On pouvait à peine voir la Seine quand on la traversait sur les ponts, les statues dans les parcs avaient toutes disparu, les sentinelles avaient l'air de poupées dans des boîtes, le sol restait humide, les braseros dans les cafés donnaient à plein. Alors tout d'un coup j'ai compris : l'amant de Moydia était mourant. Et c'est en effet cette nuit-là qu'il est mort. Il avait pris foid la nuit du départ de Moydia et ça n'avait fait qu'empirer. Il paraît que le baron ne l'a pas quitté et que, quand il s'est rendu compte que monsieur X allait vraiment mourir, il l'a fait boire. Ils ont bu ensemble toute la nuit jusque tard dans le matin. Le baron l'a voulu ainsi :

— Car autant qu'il meure, il disait, comme il est né. Sans le savoir.

Je suis donc allée immédiatement chez le baron, tout droit jusqu'à sa porte en haut où j'ai frappé. Mais il ne voulait pas me laisser entrer. Il disait à travers la porte que l'amant de Moydia avait été enterré le matin même. Et j'ai dit :

— Donnez-moi quelque chose pour Moydia. Et il a dit :

— Que pourrais-je vous donner ? Et il ajouté : Sauf un nom immortel, il n'a rien laissé. Et j'ai dit :

— Donnez-moi sa cape. Et il m'a donné sa cape, à travers l'espacement de la chaîne sur la porte, sans me regarder et je suis partie.

Cette même nuit Moydia revenait d'Allemagne. Elle avait une fièvre terrible et elle parlait à toute vitesse comme un enfant. Elle voulait aller directement chez monsieur X. J'ai eu toutes les peines du monde à la garder dedans. Je l'ai mise au lit et lui ai fait du thé. Mais je ne pouvais pas tenir en place, je lui ai apporté la cape et je lui ai dit : — Coucou est mort, voici sa cape, elle est pour toi. Elle a dit : — Comment est-il mort ? De quoi ?

J'ai dit : — Il est tombé malade la nuit où tu es partie, ça s'est transformé en fièvre et ne l'a pas lâché. Le baron est donc resté avec lui toute la nuit pour qu'il meure comme il est né, sans le savoir.

Moydia s'est mise alors à taper des deux mains sur le lit en disant : — Buvons ! et prions Dieu afin que je meure de la même mort. Nous avons passé la nuit à boire et à parler ensemble de façon décousue. Vers le matin elle a dit : — La vie est belle maintenant ! Et elle a pleuré puis s'est endormie et à midi elle était tout à fait en forme.

Cette cape, madame, maintenant elle ne la quitte plus. Les hommes la trouvent belle dedans et c'est vrai qu'elle lui va très bien, vous ne trouvez pas ? Elle a grandi plus vite que moi, elle peut passer pour l'aînée, n'est-ce pas ? Elle est gaie, gâtée, *tragique*. Elle verse son sucre de trop haut dans son thé. C'est tout. Il n'y a rien de plus à dire sauf que mes bottes ont été complètement oubliées dans la *débâcle*. Le jour suivant il y avait dans les journaux des pages et des pages sur monsieur X et sur toutes il portait une cape. On les a lues ensemble Moydia et moi. Il y a peut-être même eu quelque chose de publié sur lui en Amérique ? A vrai dire, on parle un peu le français, il faut se remettre en route maintenant.

UNE NUIT AVEC LES CHEVAUX

A l'approche du crépuscule, en plein été, un homme en habit de soirée, portant chapeau haut de forme et canne, rampait sur les mains et les genoux dans le sous-sol bordant les pâturages du domaine Buckler. Ses poignets lui faisaient mal de soutenir son poids et il s'est assis. Des vignes rampantes poisseuses s'étalaient en éventail autour de lui : elles grimpaient sur les arbres, sur les poteaux de la barrière, elles étaient partout. Il a scruté les branches étroitement enchevêtrées et a vu à travers, tenant tête à l'obscurité, un bois de bouleaux blancs frissonnant comme des dents dans un crâne.

Il entendait le portail grincer sur ses gonds quand le vent le rabattait. Son cœur remuait avec le mouvement de la terre. Un crapaud a exhalé brusquement son cri coassant, immémoré. L'homme se débattait pour respirer, l'air était chaud et lourd. Il était tapi dans l'étonnement.

Il aurait bien voulu s'assoupir, toutefois il a posé son chapeau et sa canne à côté de lui, en tirant sur les queues de son habit, et s'est étendu sur le dos, attendant. Quelque chose de rapide faisait bouger

le sol qui s'est mis à trembler en signe d'avertisse-
ment et il se demandait si cela ne venait pas de son
cœur. Derrière une fenêtre lointaine une lampe
vacillait lorsque les branches se balançaient contre
le vent. L'odeur des herbes écrasées s'étalait et
s'étirait lentement vers le nord, se mêlant avec la
faible et rassurante odeur du fumier. Il a ouvert la
bouche, y introduisant les bouts de sa moustache.

La trépidation se prolongeait, elle roulait au-
dessous de son corps et s'enfonçait dans la terre.

Il s'est assis tout droit. Il a remis son chapeau et
appuyé sa canne contre le sol entre ses jambes
tendues. Non seulement il sentait le tremblement
de la terre maintenant, mais il appréhendait aussi
le son assourdi et cornu de sabots claquant contre
les mottes de terre, de même qu'un ami donne une
tape dans le dos d'un ami, fort, mais sans mauvaise
intention. Ils étaient maintenant à l'intérieur de la
courbe du chemin du Saule. Il a appuyé son front
contre les piquets de la barrière.

Le son menaçant et feutré s'est accentué comme
le fait la chaleur. Les chevaux, arrivant de front,
passaient près de lui dans un roulement de ton-
nerre, leurs jambes s'élevant et s'abaissant comme
des aiguilles sauvages cousant des points au hasard.

Il voyait leurs ventres tendus, raclant les piquets
de la barrière, se balançant quand ils la dépassaient.
Il s'est mis debout de son côté de la barrière,
courant, les suivant, suffoquant. Son pied s'est pris
dans du pin rampant et il a piqué en avant, se
cognant la tête à une souche comme il tombait. Du
sang a jailli de son cuir chevelu. Le sang se ruait
dans ses yeux comme une crinière rouge et il l'a
repoussé du revers de sa main pendant qu'il remet-
tait son chapeau. Dans cette posture le martèlement

des chevaux l'a secoué comme un enfant tenu sur les genoux.

Puis il a cherché sa canne : il l'a trouvée accrochée dans de la fougère. Une branche d'aristoloche s'est frottée contre sa joue, il a passé sa langue dessus et l'a cassée en deux. Il avait beau bouger, l'herbe sous lui n'en était pas moins grésillante de brindilles et de pommes de pin. Un gland est tombé se détachant du mol égouttement des poudres du bois. Il l'a ramassé et, comme il le tenait entre l'index et le pouce, son esprit ruait, retraçant la scène, là-bas, avec Freda Buckler, la maîtresse, car pouvait-on l'appeler autrement que maîtresse cette petite femme de feu, avec, pour cœur, une pile électrique et le corps d'un jouet, qui dirigeait tout, qui ronronnait, saturée d'impudence, dans un bourdonnement mécanique extorqueur de son humanité.

Il a soufflé sur sa moustache. Freda, avec ce voile jaune flottant qu'elle avait. Il lui avait dit ce que ce voile avait d'exaspérant. Il lui avait dit qu'il était indécent et ne tenait lieu que de tentation. Il se gonflait les joues et lui soufflait dessus quand elle passait. Elle riait, lui caressant le bras, rejetant la tête en arrière, ses narines écarlates jusqu'au fond du nez. Ils avaient fini par monter à cheval ensemble, séparés par la longueur d'une botte, elle pas plus grande qu'une abeille sur un bonnet. Au supplice, il éperonnait son cheval et elle disait :

— Doucement ! Doucement, John ! en montrant le tranchant de ses dents dans sa grande bouche qui distillait de la salive. Tu ne peux pas rester garçon d'écurie toute ta vie. Les chevaux ! Elle a ricané. J'aime beaucoup les chevaux ! Il avait abaissé son fouet. Mais ils ne sont pas tout au monde. Avec la taille que tu as, il n'est pas question que tu restes un palefrenier pour toujours et tu le sais. Je vais faire de toi un gentleman. Je vais te relever de ton état de « chose ». Tu vas voir, ça te plaira.

Il s'était penché en avant et avait cinglé sa botte de son fouet. Le fouet l'a saisie au genou, son pied a volé dans l'étrier, on aurait dit qu'elle dansait.

Et cette petite brute, elle y avait pris plaisir. Ils allaient au trot dans un sens puis dans l'autre. Il l'aidait à démonter et elle s'éloignait majestueusement, avec son voile jaune comme une traîne, criant sans se retourner :

— Tu adoreras ça !

Ils n'avaient pas encore passé un mois de cette façon, à se déquiller l'un l'autre en esprit, à se faire plier dans un sens ou dans l'autre, et c'était devenu un jeu sans plaisir : chasseur et chassé, dame avilie et valet avili sur les ailes du vertige.

Dans quoi essayait-elle de le fourrer ? Il criait, hurlait, faisait claquer son fouet... Qu'est-ce qu'elle s'imaginait vouloir ? Elle, la sorte même de femme qui ne peut pas dire la vérité. La vérité s'écoulait d'elle et la fuyait comme si ses veines portaient des pipettes, enfoncées là par le diable. Et qu'il boive, aussitôt il enflait, la vanité le tenait, le soulevait à flot. Il la voyait debout derrière lui dans toutes les glaces, elle le suivait d'une vitrine à l'autre, elle prenait le rang à ses côtés, elle le faisait marcher, la main sous son coude.

— Tu vas aller jusqu'à gouverneur-général... ou disons inspecteur...

— Inspecteur !

— Comme tu veux ! Disons commandant de régiment... Disons officier de cavalerie. Des chevaux également, du cuir, des fouets...

— Ô mon Dieu !

Elle hennissait presque tandis qu'elle pivotait sur ses talons :

— Avec ta noble poitrine, large, plate, tu vas être un vrai pavement d'honneurs... Sois fort. Tu seras sorti d'affaire.

— Assez ! il criait, *j'aime* être vulgaire.

— Avec la taille leste que tu as, les cornes devraient t'être épargnées.

— Quelles cornes ?

— Les cornes du dilemme.

— Si je veux, je *peux* vous faire taire pour de bon.

Cela l'amusait. Elle disait :

— Coincé ?

Elle le tourmentait, elle le savait. Elle le torturait avec ses objets de « culture ». Un genou sur une ottomane, elle brandissait et exhibait la miniature la plus délicate, des ivoires dans le creux de sa main, les abritant du soleil et disant :

— Regarde ! Mais regarde !

Il se mettait les mains derrière le dos. Elle le déjouait. Elle lui demandait de tenir de vieux missels, des livres de contes de fées, tous avec des belles dorures, reliés de bure côtelée. Elle étalait des cartes et, avec une longue épingle à chapeau qu'elle faisait ramper à travers montagnes et précipices, elle désignait « exactement l'endroit » où elle avait été. La pointe de l'épingle errait le long de la côte comme un escargot sec, et elle l'enfonçait brusquement en criant :

— Borgia !

Et elle restait là à faire tinter des vieilles clefs sur leur anneau. Son inquiétude augmentait en même temps que sa curiosité. *S'il* l'épousait... après qu'il l'*aurait* épousée, alors quoi ? Que deviendrait-il après qu'il aurait satisfait sa folie, son caprice ? Que finirait-elle par faire de lui ? Bref, que laisserait-elle de lui ? Rien, absolument rien, pas même ses chevaux. Il faudrait être un sacré imbécile pour faire ça. Il n'aurait plus de place nulle part après Freda, il ne serait ni ce qu'il était ni ce qu'il avait été. Il deviendrait une *chose* à moitié debout, à moitié rampant, comme ces figures sous les toits des monuments historiques dans la posture d'arrêt des damnés.

Il l'avait vue souvent sans la voir, mais bientôt il s'était mis à la regarder avec la plus grande attention. Eh bien mais elle n'était qu'une petite femme à l'allure de souris, avec des jolis cheveux blonds qui lui tombaient dans le creux de la nuque comme des palpes d'insecte, bougeant quand le vent bougeait. Elle se dardait et bouillonnait trop et toujours avec l'intensité dépourvue de pensée d'un jouet mécanique qui piétine et racle le plancher.

Et puis elle se tenait toujours un pas ou deux en avant de lui ou bien elle lui flattait le bras à longueur de bras ou encore elle venait vers lui dans une rafale et lui appuyait dans le dos son petit menton pointu, se retirant si lentement qu'il lui trébuchait dessus quand il se retournait. Ce jour-là il l'avait attrapée par le poignet et la faisait pivoter. Cette fois-ci je vais lui demander en face de me dire la vérité, il se disait : un tir direct peut la débusquer.

— Miss Freda, attendez ! Vous savez que je n'ai pas un seul ami au monde. Vous savez très bien que je n'ai personne à qui demander la solution quel que soit le problème. Alors donc qu'est-ce que vous me voulez exactement ?

Elle avait rougi jusqu'à la racine des cheveux.

— Vas-tu jouer les petites filles maintenant ? On aurait dit qu'elle allait se mettre à crier, toute sa structure vibrait, mais elle s'est reprise et a articulé avec un calme souverain : Ne t'énerve pas. Sois patient. Tu vas t'y habituer. Tu vas même y prendre goût. Il n'y a rien de plus plaisant que de grimper.

— Et puis ?

— Et puis tu oublieras tout, l'étable et tout le reste. Elle piégeait son nez dans les plis préhensiles d'un mouchoir de dentelle : Est-ce qu'il ne s'agit pas d'un but ?

Le pire avait été la nuit dernière, la soirée du bal masqué. Elle avait insisté pour qu'il vienne :

— Viens comme tu es, tu seras notre piqueur, elle avait dit.

C'était le coup final, l'impardonnable insulte. Il avait obéi, mais il n'était pas venu « comme il était ». Il avait fait une toilette élaborée. Il s'était mis en tenue de soirée comme n'importe quel gentleman. Il était par conséquent la seule personne de l'assistance qui n'était pas « en costume », du moins dans le sens admis.

A son arrivée la plupart des invités étaient déjà éméchés. Bientôt il était lui-même passablement soûl et il s'est trouvé à son horreur en train de danser un menuet majestueux, lent, avec une femme comme une énorme et douce pâte feuilletée, arrosée de sequins, grognant dans ses cascades de tulle plissé. Il s'est extirpé de cette étreinte, manquant de s'étaler sur la poudre de colophane aux endroits nus du plancher et il a buté contre Freda qui venait à sa rencontre avec un petit verre de cordial qu'elle lui a versé dans la bouche ouverte : alors il s'est vu en train de s'asphyxier.

Il s'est arrêté brusquement. Il a embrassé la salle entière d'un regard éperdu. Dans le coin là-bas, il y avait la mère de Freda installée avec ses chats. Elle était toujours avec des chats et toujours dans des coins. Et il y avait le reste de la distribution, les cousins, les neveux, les oncles et les tantes. Et maintenant la gaillarde. Freda, les bras levés, les mains et les paumes sorties, les coudes bouclés contre la poitrine, telle une mante religieuse, était dent contre dent avec lui presque. Il s'est dégagé puis il a tracé un cercle dans la colophane vacante autour d'elle avec le pommeau de sa canne et il est sorti à reculons par les portes-fenêtres.

Il ignorait ce qui s'était passé ensuite, avant qu'il se retrouve dans le massif d'arbustes, soulagé, la figure contre la barrière, en train de regarder au-delà. Il était avec ses chevaux, il était donc à sa place de nouveau. Il les entendait lacérer la terre meuble, galoper çà et là comme dans leur propre salle de bal et, fait des plus étranges, à cette heure sombre de la nuit.

Il s'est traîné à quatre pattes sous la latte la plus basse de la barrière en jetant son chapeau et sa canne de l'autre côté et pendant qu'il rampait il s'essoufflait. L'étalon noir était maintenant en tête. Les chevaux attaquaient la courbe du chemin du Saule à l'endroit où il traverse les pâturages les plus éloignés et à travers la poussière ils avaient l'air vagues et énormes.

Quatre d'entre eux se sont détachés au sommet de la colline, et ils étaient là humant l'atmosphère. Il allait en attraper un, il allait en monter un, il allait s'échapper. Il n'avait plus peur. Il s'est mis debout en agitant son chapeau et sa canne et en criant.

Ils ne semblaient pas le reconnaître et l'ont doublé en faisant un crochet. Il contemplait leur dos, pleurant presque. Il oubliait son habit, le devant de sa chemise blanche, son chapeau haut de forme, sa canne qu'il agitait, la façon brusque dont il avait surgi du noir, leur excitation. Il fallait pourtant bien qu'ils le reconnaissent.

Pivotant, crinières hautes, naseaux flambant, soufflant de la vapeur comme ils arrivaient, ils l'ont dépassé dans un déferlement hennissant, et, plein d'horreur, il les maudissait, néanmoins ce qu'il hurlait c'était :

— Salope ! et, avalant le feu de son cœur, il s'est retrouvé à plat ventre, en train de sangloter : Je *peux* y arriver, merde alors ! je peux m'y mettre, je peux laisser ma marque.

Les sabots haut levés du premier cheval ont failli le tuer mais le cheval suivant n'y a pas failli.

Plus tard les chevaux se sont séparés, broutant et battant l'air de leurs queues, évitant un carré d'herbe haute.

LE VALET

Les champs autour de chez Louis-Georges verdissaient tout au début du printemps tandis que la campagne environnante restait confinée dans un gris mélancolique, car Louis-Georges était le seul cultivateur qui semait du seigle.

Louis-Georges était de petite taille et sa figure, qui brûlait comme un Goya, était sombre, ovale, et flanquée d'un long nez en ratissoire où se hérissaient des poils couleur de givre. Ses bras envoyaient leur brassée en avant de ses jambes et rien dans sa personne n'ignorait qui il était : un homme de ce genre-là.

Il retirait une fierté passionnée de tout ce qu'il faisait et même, tant il s'y impliquait, quand c'était fait ou conçu de façon passable.

Quelquefois, debout dans la cour, respirant l'air au parfum riche, il jouissait totalement de ses terres : d'une main il se frottait les doigts de l'autre, ou bien il agitait les mains autour des cornes de ses bêtes où des mouches pendaient en volutes bourdonnantes, ou encore il disait à l'entraîneur, en donnant une claque sur l'arrière-train de ses chevaux de course :

— Il y a plus de race dans la croupe d'un de ces chevaux que dans maintes fesses des stalles de Westminster !... prétendant avoir une connaissance détaillée en la matière, du museau au sabot. Bref c'était un homme entreprenant.

Quelquefois il jouait à cache-cache avec Vera Sovna au milieu des bacs à blé et dans les entassements de foin et Vera Sovna, avec ses longues jupes à volants et ses hauts talons, criait et sautait parmi les rateaux et les fléaux.

Un jour Louis-Georges a attrapé un rat à main nue et il s'y est pris avec tant d'habileté que l'animal n'a pas pu se servir de ses dents. Il a dissimulé son sentiment de triomphe pour montrer à Vera Sovna comment il avait fait et lui faire croire qu'il s'agissait d'un tour d'adresse qu'il avait appris pour protéger le blé d'hiver.

Vera Sovna était une personne de grande taille avec des épaules maigres qu'elle laissait tomber comme si ses omoplates avaient été trop lourdes. En général elle portait des vêtements noirs et elle passait une bonne partie de son temps à rire d'un ton assez aigu.

Elle avait été la grande amie de la mère de Louis-Georges, mais, pour avoir continué, après la mort de la mère, son intimité avec lui, elle s'était totalement déconsidérée. On chuchotait qu'il y avait « quelque chose » entre elle et Louis-Georges. Dès que ses fermiers la voyaient entrer chez lui, ils avaient peine à se contenir jusqu'à son départ : désapprobateurs, ils faisaient claquer leur langue si elle sortait en tenant ses jupes avec soin au-dessus de ses chevilles, mais si au contraire elle avançait lentement en laissant traîner sa robe, ils disaient :

— Regardez-moi cette poussière qu'elle soulève dans l'allée.

Si elle savait ce qu'ils pensaient, elle n'en montrait rien. Quand elle traversait la ville en voiture, elle passait à travers la place du marché tout droit, sans se tourner d'aucun côté, sans regarder personne, et cependant elle s'extasiait de façon marquée devant les bottes rosées des fleurs, la brillante avalanche des courges jaunes et des concombres verts, les fruits à l'étal dans des tas bien faits. Mais les rares fois où Louis-Georges l'accompagnait, elle croisait les jambes, se penchait en avant, le menaçait du doigt, agitait la tête de tous côtés ou bien se rejetait en arrière en riant.

Quelquefois elle se rendait chez les servantes pour jouer avec l'enfant de Léah, un petit être aux jambes arquées et à la nuque fragile qui bombait son ventre pour qu'elle le caresse.

Berthe et Léah, les servantes, étaient des femmes à l'air satisfait, bien bâties, avec des yeux bleus tranquilles, des belles dents, des bustes ronds et fermes à l'éclat de pomme de reinette. Elles vaquaient à leurs occupations tout en mâchant des tiges de seigle et des feuilles de salade que leur langue raclait.

Il était évident que Léah avait dans sa jeunesse fait quelque chose qui était pour elle matière à prier de temps en temps, en général au pied du christ de bois suspendu à une poutre de la grange et devenu si familier qu'elle ne le remarquait plus qu'une fois qu'elle était assise pour traire quand elle levait les yeux. Alors, posant son front sur le ventre de la vache, elle priait, faisait éclabousser contre ses fortes phalanges le lait qui allait se perdre dans le sol et, quand Berthe venait l'aider à transporter les seaux, elle lui disait : — Il va pleuvoir.

Vera Sovna passait des heures au jardin avec l'enfant qui rampait derrière elle, laissant la marque de ses petites mains mouillées de salive sur les feuilles poussiéreuses, tirant sur la racine de jeunes légumes qui lâchaient si subitement qu'il en tombait à la renverse en clignant des yeux au soleil.

Les deux servantes, Vanka le valet et Louis-Georges composaient toute la maison que Myra et Ella, les tantes de Louis-Georges, venaient parfois augmenter.

Vanka était russe. Il se rongeait les ongles. Il portait des vêtements négligés comme si la bonne tenue du maître ne lui laissait aucun temps de reste. Ses cheveux, d'un beau blond, quoique pommadés, étaient en désordre, ses sourcils étaient broussailleux et blancs. Ses yeux quand il les montrait sous ses paupières lourdes étaient intelligents et bons. Son dévouement était absolu.

Louis-Georges lui disait : — Allons, Vanka, raconte-moi encore une fois ce qu'on t'a fait quand tu étais petit.

— Ils ont fusillé mon frère, répliquait Vanka en se tirant sur la mèche du front. Ils l'ont tué parce que c'était un « rouge ». Ils l'ont jeté en prison avec mon père. Puis un jour ma sœur, qui leur apportait à manger dans des seaux, a entendu du bruit : cela ressemblait à une détonation et ce jour-là père n'a renvoyé qu'un seau. Il paraît qu'il l'a renvoyé comme quelqu'un qui regarde derrière lui. Vanka racontait souvent cette histoire et il ajoutait parfois avec un soupir : Ma sœur, une femme remarquable que les étudiants venaient voir uniquement pour l'entendre parler, est devenue chauve en une nuit.

Après ces confidences, Louis-Georges s'enfermait dans son bureau pour écrire à ses tantes, d'une grande écriture gribouillée. Quelquefois il introduisait une phrase ou deux à propos de Vanka.

Quelquefois Vera Sovna entrait pour le surveiller, tenant haut ses jupes, haussant les sourcils. Quand Vanka était là, tous deux se toisaient, elle le dos tourné à la cheminée, debout les talons écartés, disant :

— Allons, allons, ça suffit maintenant ! Et elle ajoutait : Vanka, prends-lui sa plume.

Louis-Georges souriait et grognait tout en continuant d'écrire sans jamais lever la main des pages écrites. Quant à Vanka, il se contentait de se saisir des pages au fur et à mesure qu'elles étaient finies.

Enfin Louis-Georges se levait dans un grand bruit de signature et avec une forte poussée sur sa chaise et il disait : — Allons donc prendre le thé maintenant.

En fin de compte il a été gagné par une maladie lente qui lui attaquait les membres : il a été obligé de marcher avec une canne. Il se plaignait de son cœur et pourtant il n'en sortait pas moins pour aller voir les chevaux et de son bâton il cinglait les mouches pour amuser Vera Sovna tout en respirant avec plaisir l'odeur de lait et de crottin.

Il avait un programme pour les foins et pour rentrer la moisson mais il lui fallait s'en remettre aux fermiers qui, laissés à eux-mêmes, s'échappaient à tout moment pour vaquer à leurs propres terres et à leurs barrières cassées.

Six mois plus tard Louis-Georges s'alitait.

Et les tantes sont arrivées et du bout de cuir de leur nez elles évaluaient la vitesse de la décrépitude tout en lui mesurant son parégorique, se faisant part de leur surprise comme des femmes qui s'occupent d'un bébé :

— Il n'a *jamais* été comme ça, donnant du jeu à

leurs bretelles de velours qui leur mordaient la chair des épaules, se jetant des coups d'œil de part et d'autre du lit.

Elles craignaient de rencontrer Vera Sovna. Leur situation n'était pas facile. Car bien qu'elles aient été en termes amicaux avec elle du vivant de la mère de Louis-Georges, une fois que la vieille dame était morte il leur a semblé qu'elles devaient montrer plus de réserve et de dignité. De plus les gens semblaient s'être montés contre Vera. Tout de même elles ne voulaient pas se montrer trop dures, tous les soirs, donc, elles quittaient le chevet de Louis-Georges pendant une heure afin que Vera puisse venir le voir et Vera Sovna venait, se glissant doucement dans la chambre, disant :

— Oh ! mon *cher* ! Elle lui racontait des histoires qu'elle lui avait déjà racontées, concernant toutes sa propre vie, comme si, du fait qu'elle n'était pas encore écoulée, cette vie pouvait lui être de quelque secours. Elle lui racontait sa semaine à Londres, une visite à La Hague, des aventures avec des hôteliers dans des auberges impossibles et parfois il lui semblait, comme elle se penchait tout près, qu'il l'entendait pleurer.

Mais néanmoins, malgré la maladie et l'atmosphère tendue, Vera Sovna semblait étrangement gaie.

Dès qu'il a commencé à aller mal, Léah et Berthe ont servi d'infirmières à Louis-Georges, elles lui changeaient ses draps, elles le retournaient pour le frotter avec de l'huile et de l'alcool, elles faisaient des signes de croix et lui donnaient sa cuiller de médicament.

Le valet se tenait au pied du lit, tâchant de ne pas tousser ou même soupirer et de ne gêner son maître en aucune façon. Parfois il lui arrivait de tomber endormi, accroché à la colonne du lit, mais les rêves de « révolution » qu'il faisait s'évanouissaient aussitôt qu'il se surprenait à dormir.

Vera Sovna avait pris l'habitude de dîner avec les filles à la cuisine, une longue pièce nue qui lui plaisait. De la fenêtre on apercevait le verger, la pompe et la longue pente douce de la prairie. Des oignons tressés et des viandes fumées se balançaient aux poutres du plafond au-dessus de la longue table sur laquelle il y avait, répandues, de la fine neige de farine et des miches de pain frais chaudes.

Les filles de bon cœur ont accepté la compagnie de Vera Sovna. Elles nettoyaient la planche quand elle était partie, parlaient d'autre chose, aiguisant des couteaux, oubliant.

La marche de la propriété s'effectuait comme d'habitude. Rien ne souffrait du fait de la maladie du maître. Les récoltes mûrissaient, la saison des foins s'avançait et le verger résonnait du bruit sourd des fruits en train de tomber. Louis-Georges, détaché, mûrissait dans la mort comme s'il n'avait jamais existé. Il y avait autour de Vera Sovna un éclat tranquille. Elle traitait ses bouteilles de médicament comme s'il s'était agi d'intervalles de musique, elle lui faisait des bouquets comme des tributs. Et Vanka ?

C'était lui qui avait pris sur lui la totale angoisse, il pliait sous l'ombre raccourcie de son maître comme quelqu'un à qui il est enfin permis de souffrir à son compte.

Myra et Ella dans leur choc secouaient les miettes de pain de leurs genoux, toutes deux envoyant l'autre visiter Louis-Georges, chacune prétendant pour l'autre qu'il allait beaucoup mieux. Non qu'elles aient eu peur de sa mort : ce qu'elles craignaient, c'est de ne pas y être préparées.

Quand le docteur arrivait, leur incertitude prenait une autre direction. Elles se hâtaient de faire exécuter les ordonnances, de faire polir les cuillers. Assises de part et d'autre du lit, elles fermaient les yeux, se le représentant déjà confessé et enlevé au ciel, pour le plaisir de le trouver comme d'habitude en rouvrant les yeux.

Quand elles ont vu qu'il était bien mourant, les tantes n'ont pas pu s'empêcher de le toucher. Elles essayaient de couvrir ces parties qui montraient trop clairement le cours de sa disparition : les bras maigres, l'endroit humide dans la nuque où le pouls bat, le creux de son estomac qui avait fondu. Elles lui pressaient gentiment les poings aux jointures et elles rendaient fous en permanence le médecin et la nouvelle infirmière. A la fin, n'y tenant plus, à l'insu de tous, Myra s'est mise à genoux près de Louis-Georges et lui a caressé la figure. La mort semblait n'être nulle part ou plutôt elle ne semblait pas demeurer en un seul endroit, elle semblait circuler sous ses caresses de quartier en quartier. Alors on leur a interdit, à elle et à sa sœur, la porte de la chambre. Elles erraient dans le hall de long en large, n'osant pas parler, incapables de pleurer, elles se croisaient, elles s'ancraient aux murs avec leurs paumes.

Louis-Georges a fini par mourir, il y a eu alors le problème de Vera Sovna. Néanmoins elles ont cessé rapidement de penser à elle pour s'efforcer de suivre les instructions laissées par le défunt. Louis-Georges avait prévu que tout continuerait comme d'habitude car il ne voulait pas interrompre le cours des saisons qu'il avait « programmées » pour l'année suivante.

Les poules se glorifiaient de leurs œufs comme d'habitude et comme d'habitude les écuries résonnaient d'entrain. Les champs déversaient sur la terre leur vie même tandis que Vanka pliait et rangeait les vêtements du mort.

Vanka n'a pas laissé l'employé des pompes funèbres, quand il est arrivé, s'occuper du corps. Il l'a lavé et habillé lui-même. C'est lui qui a déposé Louis-Georges dans le cercueil brillant qui sentait la colophane de violon, c'est lui qui a disposé les fleurs, c'est lui aussi qui a quitté la scène le dernier, l'ébranlant de toute la plante de ses pieds soudain maladroits. Il est allé dans sa chambre et a fermé la porte.

Il marchait de long en large. Il lui semblait qu'il y avait quelque chose qu'il n'avait pas fait. Il aimait le service bien fait et l'ordre. Il aimait Louis-Georges qui avait rendu le service nécessaire et l'ordre désirable. Il s'en frottait les paumes l'une contre l'autre et les mettait contre sa bouche qui soupirait, comme si le son pouvait lui apprendre quelque secret de silence. Bien entendu Léah avait fait une scène dont il ne fallait pas s'étonner, vu les circonstances. Elle avait apporté son bébé dans la chambre, et, l'ayant déposé à côté du corps, elle donnait pour la première fois un ordre :

— Vous pouvez jouer un peu ensemble, maintenant.

Vanka ne s'en était pas mêlé. L'enfant était bien trop effrayé pour déranger l'ordonnance parfaite arrangée autour du départ de Louis-Georges et tous deux, l'enfant et la mère, se sont retirés bientôt, avec calme et lenteur. Vanka les entendait descendre vers le bas de la maison, Léah d'un pas lourd et posé, l'enfant dans un clic-clac rapide.

Vanka entendait, en se dirigeant vers sa chambre, les arbres battre le vent. Une chouette criait du côté de la grange. Une jument a henni, a secoué sa tête et l'a laissée retomber dans son râtelier. Vanka a ouvert la fenêtre. Il lui a semblé surprendre un bruit de pas dans la plate-forme caillouteuse qui entourait les hortensias. Un parfum léger pareil à celui qui montait des volants dansants de la robe de Vera Sovna semblait flotter dans l'air. Irrité, il s'est détourné et ensuite il l'a entendue appeler :

— Viens Vanka, mon pied est pris dans la vigne.

Sa figure, la bouche ouverte, a surgi au-dessus de l'appui de la fenêtre et au même instant elle sautait dans la chambre. Ils sont restés là à se regarder. Ils n'avaient jamais encore été seuls ensemble. Il ne savait pas quoi faire.

Elle était un peu dépeignée. Des brindilles étaient accrochées aux volants de ses jupes. Elle a soulevé ses deux épaules et a poussé un soupir puis elle a tendu la main vers lui et prononcé son nom.

— Vanka.

Il s'est écarté d'elle, la regardant fixement.

— Vanka. Elle l'a répété et s'est approchée de lui pour s'appuyer contre son bras. Elle a dit avec beaucoup de simplicité : Raconte-moi tout.

— Je vais tout vous raconter, il répondait automatiquement.

— Regarde ! Tes mains ! Et dans ses paumes tout à coup elle a laissé tomber la tête. Il a frissonné. Il a retiré ses mains.

— Oh ! dis-moi, toi homme fortuné ! Le plus fortuné des hommes ! Vanka le très élu, elle criait. Il te laissait le toucher de très près, au plus près, au plus proche de la peau et du cœur. Tu savais, toi, de quoi il avait l'air, de quelle façon il se tenait, comment sa cheville s'accrochait au pied. Il était tellement étonné qu'il ne l'entendait plus. Ses épaules, comment elles étaient disposées. Tu l'habillais et tu le déshabillais. Pendant des années tu l'as connu,

tu savais tout de lui. Dis-moi, ah ! dis-moi ! Comment
était-il ?

Il s'est tourné vers elle :

— Je vais vous le dire à condition que vous
restiez tranquille, que vous vous asseyiez et que
vous soyez calme, il a dit.

Elle s'est assise : elle le regardait attentivement et
avec une grande joie.

— Ses bras étaient trop longs, il disait. Ça vous
le savez car vous pouviez le voir. Mais beaux. Et
son dos, son épine dorsale mince, effilée, pleine de
race...

LE LAPIN

Le jour où le petit tailleur a quitté sa terre, le chemin s'était recouvert de feuilles. Il a dit bonjour et adieu d'un même souffle et ses larges dents bâillaient comme si on venait de le haler d'une eau profonde. Il ne quittait pas l'Arménie de bon cœur mais parce qu'il le fallait. Tout de l'Arménie l'engageait à y rester pour toujours. Mais il n'avait pas le choix : on le mettait à la porte. Bref il avait hérité un immeuble à New York.

Les adieux ne l'ont pas déchiré menu, il n'a pas versé de larmes, les feuilles qui tombaient ne lui ont pas envoyé de coup au cœur, il a traité toute l'affaire comme un homme simple et résigné. Il a laissé l'Arménie lui glisser entre les doigts.

Sa vie avait été à la fois rude, régulière, ralentie, plaisante. Il labourait et s'occupait de ses récoltes. Il regardait sa vache paître, appuyé sur le manche de sa faux. Il entretenait les plumes et les becs de ses canards pour que les plumes restent droites et les onglets des becs durs et brillants. Il aimait toucher les bêtes de sa petite terre avec ses mains car elles étaient aussi agréables à toucher que les plantes et somme toute il y voyait peu de différence.

Maintenant tout était changé. Ses proches lui conseillaient, puisqu'il était célibataire, d'aller recueillir son héritage, une petite boutique de tailleur que son oncle lui avait laissée. Ils lui disaient qu'avec un apprenti il ne pouvait guère faire mieux. Il s'« éduquerait », il allait sans doute devenir quelqu'un d'« important », un « patron », un monsieur.

Il protestait, mais sans beaucoup de conviction car il était timide et doux. Il a nettoyé sa bêche, aiguisé les scies, secoué les copeaux hors du rabot, huilé son foret et sa mèche, graissé le harnais, enlevé son dernier veau à la vache trempée et hargneuse et il ne savait plus quoi faire.

Le jour de son départ, il est d'abord allé dans la forêt à l'endroit où il avait abattu des branches pour faire, en les attachant, un abri contre le soleil. Sa cruche d'eau de mélasse et de cannelle était toujours là près de la bûche qui lui servait de siège. Les taillis se déversaient dans le chemin et les ombres, percées de brillants trous de lumière, faisaient des éclats dansants. Les moustiques du marécage chantaient autour de sa tête. Ils se prenaient dans les longs poils de sa barbe, plus bas que le menton, et, accrochés, geignant dans le piège, ils tournoyaient contre sa joue, puis échappaient à ses claquements de main. Et il était en train de se gifler la figure quand soudain il s'est vu installé dans un malheur tranquille, sur une table en train de coudre, comme s'il était déjà mort et qu'il faille s'en arranger.

Un jour, donc, dans la partie basse de Manhattan (dans la rue de la boutique d'Amitiev le tailleur), il est arrivé un inconnu, un balai à la main : le dernier des Amitiev. Les passants l'ont vu manier son balai sur les lieux de son héritage, une pièce qui n'avait guère plus de huit mètres sur quatre et dont le dernier tiers était tendu d'un rideau pour cacher un petit lit et une commode. Il a humé l'air comme il le faisait dans son pays et il a éternué. Son œil a pris pour ainsi dire la pièce par la peau du cou et l'a secouée à la face de ses arpents perdus.

Il avait appris le métier de tailleur alors qu'il était jeune, quand cet oncle, maintenant décédé, avait été son tuteur. Mais ses doigts étaient maladroits et il cassait son aiguille. Il travaillait lentement et avec effort, retenant sa respiration plus que nécessaire, soufflant ensuite bruyamment. Il peinait tard dans la nuit, le carreau à repasser entre les genoux. Les gens qui rentraient chez eux jetaient un coup d'œil et le voyaient assis sur la table à demi caché par les écriteaux de sa vitrine, le catalogue de mode taché de chiures de mouches ouvert à la page de messieurs en pardessus qui paradaient, les annonces d'assemblées religieuses passées de date et le programme pour le cabaret local. Les badauds, remarquant sa pâleur, disaient entre eux : — En voilà un qui va mourir de la tuberculose, vous verrez !

De l'autre côté de la rue, il y avait, étalés sur la table de marbre d'un boucher (rivalisant avec les rebuts de doublure de soie, de plaids et de bourres de laine d'Amitiev), d'éclatants quartiers de bœuf, des têtes de veau et des os de phalanges, des restes d'animaux, des épaisseurs de gras rose et jaune. Il y avait des viandes de muscles et des rognons dans leur cocon de graisse, des grandes carcasses tailladées dans leur centre de haut en bas, découvrant le clavier de la colonne vertébrale, et, pendus à des crochets, des canards dégouttant de sang, la tête en bas, au-dessus de bassines.

Le petit tailleur était horriblement triste quand il levait les yeux car les couleurs étaient une vraie moisson de mort. Comme il lui était facile alors de se rappeler le balancement des prairies de son pays, les vaches dans les chemins creux et les fruits par-dessus tête et il se détournait pour se remettre à piquer.

Derrière le rideau, il y avait un petit réchaud à gaz sur lequel il réchauffait son déjeuner qui consistait toujours de café, de pain et de fromage et parfois d'une saucisse. En été il faisait trop chaud dans la boutique, en hiver c'était mortel à cause de l'air suffocant et il n'osait pas ouvrir la porte. Dès qu'un client entrait, il était inondé d'un froid glacé (personne ne semblait se rendre compte qu'il pouvait sentir les courants d'air). Il restait donc assis dans un air fétide, rendu pire encore par le poêle à gaz, ses yeux rentraient chaque jour davantage dans leurs orbites et ses sourcils sombres devenaient de plus en plus proéminents. Les enfants du voisinage l'appelaient « œil de charbon ».

L'été suivant, les affaires se sont mises à mieux marcher, il travaillait plus vite, faisait d'excellentes réparations, était très bon marché et n'avait jamais une minute à lui : il piquait, retournait, pressait, refaçonnait comme si le monde avait été une énorme barricade de vieux vêtements. A la même époque, il s'est pris d'affection pour une jeune Italienne, petite, maladive, mince, qui avait fait sa première apparition dans la boutique chargée du manteau de son père. Elle avait une senteur acide, comme émanant de citrons.

Ses cheveux raides et noirs avec la raie au milieu étaient aussi noirs que ses yeux et sous son long nez sa bouche flamboyait, précise, fermée. Tout ce qui brillait presque pouvait prendre sur lui. Il avait en tête toutes les madones de calendrier qu'il avait vues et il faisait l'erreur de confondre cette jeune fille avec elles. Sa figure pointue, cruelle, avare lui plaisait. Il prenait le vif mouvement de la tête dardée pour de la vivacité. Il n'était lui-même pas beau et cela ne le gênait pas car il avait aussi bon air que n'importe quel membre de sa famille et voilà tout. Il ignorait que son corps était trop petit pour la taille de sa tête et que ses cheveux rudes n'arrangeaient rien.

Cette jeune fille, Addie, en faisait mention et cela le blessait car il s'était mis à l'aimer beaucoup. Il remarquait que quand, par le tremblement de son aiguille, il le lui montrait, elle riait et avait un air affamé. Il était perplexe.

— Pourquoi es-tu si jolie quand tu me dis ce genre de chose ? il disait.

C'était vraiment la pire chose à lui dire car cela l'encourageait et la flattait. Elle s'engraissait sur le tranchant qu'il ne pouvait pas s'empêcher de lui donner à affûter : elle n'était en effet ni aussi gentille ni aussi naïve qu'il croyait. Enfin après avoir beaucoup débattu, l'esprit lent, tortueux et bouleversé, il lui a demandé si elle avait déjà pensé à l'amour et au mariage. Bien sûr elle y avait pensé puisqu'il y avait là sous ses yeux une affaire à prendre qui promettait et qui avait l'air de vouloir prospérer, n'est-ce pas ? et d'ailleurs n'était-elle pas déjà habituée à lui ? Elle avait tout prévu de façon tranquille, circonspecte et déterminée (mais il avait trop d'un crétin pour s'en rendre compte). Elle consentait avec plaisir à l'attachement tout en disant :

— Tu es un pauvre type ! Elle le lui disait avec rudesse (comme si elle lui reprochait quelque chose).

Elle le disait d'un air fâché et elle rectifiait l'aplomb de sa jupe plissée entre deux doigts. Il avait l'impression qu'elle était très forte et qu'il n'était, quant à lui, rien du tout.

— Qu'est-ce que tu veux que je fasse ?

Elle a haussé les épaules, jeté ses cheveux en arrière, ouvert la bouche toute grande, découvrant, dans sa pleine longueur, sa langue tapie.

— C'est-à-dire, s'il faut que je fasse quelque chose, c'est quoi ? Si comme tu le dis je ne suis qu'un...

— Tu ne seras jamais rien, elle disait, puis ajoutait : Tu ne seras jamais rien d'*autre*.

— Tu as raison, pas autre chose, mais *plus* peut-être ?

— Alors ça, il n'y a pas de doute. Elle avait une façon de couper court le sens de ses phrases qui était sa forme de mépris.

— Qu'est-ce que tu veux dire par *doute* ?

— Tu n'es pas le genre par exemple à...

— A quoi ? Son corps s'est tourné et il la regardait très attentivement.

— Tu n'as rien d'un *héros* ! Elle riait dans une série de brefs clappements comme un chien.

— Est-ce que les héros sont de mode ? Et il posait sa question avec tant de duplicité et un visage si troublé qu'elle a eu un petit rire étouffé.

— Pas dans ta famille, si je comprends bien.

Il hochait la tête :

— C'est vrai, oui c'est tout à fait vrai. On est des gens tranquilles. Tu n'aimes pas les gens tranquilles ?

— Pft ! Des vraies femmes ! elle disait.

Il a réfléchi longtemps. Il s'est dégagé lentement de sa table et il l'a prise par les épaules pour la secouer doucement de côté et d'autre.

— Ce n'est pas vrai, tu le sais, ce n'est pas ça qu'on est.

Elle s'est mise à crier :

— *Donc*, à présent je mens ! Voilà où on en arrive. Je suis abominable, dénaturée, dénaturée.

Elle s'était arrangée pour se mettre dans l'état le plus extrême de prétendue indignation, tirant sur ses cheveux, les secouant de côté et d'autre comme un fouet. En se déjetant ainsi, en dérangeant ses manières habituelles pleines d'aisance, de contrôle et presque désinvoltes, la fine mouche le plongeait dans un état de détresse aussi total que s'il avait été forcé d'assister à l'ébranlement d'une image pieuse.

— Non, non, ne fais pas ça, arrête. Je vais faire quelque chose, je ferai ce qu'il faut. Il s'est approché d'elle pour dégager les cheveux qu'elle tenait encore dans son poing fermé. Je ferais *n'importe quoi* pour toi. Oui c'est vrai et je vais le faire, je vais le faire, je vais le faire !

— Tu feras *quoi*, Amitiev ? elle a demandé avec un calme si soudain que son inquiétude est venue buter sur elle presque. Qu'est-ce que tu vas faire ?

— Je tâcherai d'être moins comme une femme. Tu m'as traité de femme. C'est horrible de dire ça à un homme surtout quand il est petit, or je suis petit.

Elle s'est avancée, en marchant de côté, les coudes au corps, les paumes ouvertes :

— Tu feras n'importe quoi pour moi ? Quoi ? Quelque chose d'audacieux, quelque chose d'énorme, quelque chose de vraiment grand, rien que pour moi ?

— Rien que pour toi. Il la regardait avec compassion. La torsion de sa bouche cruelle, fugitive (car tout en elle était fugace), ses bras mortellement maigres, sa petite cage thoracique, ses cheveux trop longs, ses mains retournées aux poignets, ses pieds étroits et glissants et l'odeur de citron qui venait de sa jupe tournoyante, faible, funèbre, acide, le faisaient s'écarter d'elle, anéanti de souffrance. Elle est venue derrière lui et, tout en lui prenant et en lui maintenant les mains par-derrière, elle s'appuyait à son dos et l'a embrassé dans le cou. Il essayait de se retourner mais elle le tenait bon. Ils sont restés ainsi quelque temps, puis elle s'est détachée et est partie dans la rue en courant.

Il s'est remis au travail, assis les jambes croisées sur la table. Il se demandait bien ce qu'il devait faire. C'était la première fois qu'une chose pareille arrivait. En effet, il lui avait toujours dit que ce qu'il aimerait par-dessus tout c'était vivre à la campagne, elle auprès de lui dans les champs ou bien tous deux installés parmi les légumes et les plantes. Voilà qu'il lui fallait maintenant devenir un héros... Qu'est-ce qu'un héros ? Quelle différence y avait-il entre cette sorte d'homme et lui ? Il essayait de savoir s'il en avait jamais connu un. Il se souvenait des histoires que les bohémiens lui avaient racontées il y avait très longtemps, quand il habitait encore sur sa terre. Ils lui avaient bien parlé d'un gaillard qui était un bagarreur redoutable, qui luttait comme un démon contre son adversaire, mais pour finir, comme il était incapable de tuer quoi que ce soit, il s'était jeté du haut d'une montagne. Mais ce n'était pas possible pour lui, un tailleur, il mourrait, un point c'est tout, et cela ne le mènerait nulle part. Il passait en revue tous les gens importants dont il avait entendu parler, lu l'histoire ou auxquels il avait pu se frotter. Il y avait Jean, le maréchal-ferrant, qui, en sauvant son enfant de sous un cheval, avait perdu un œil. Mais si lui, Amitiev, perdait un œil, Addie n'aurait plus aucune affection pour lui. Et Napoléon donc ? Ça c'était quelqu'un de connu. Tout ce qu'il avait fait, il l'avait fait tout seul ou à peu près au point même qu'il s'était couronné empereur sans l'aide de personne, et les gens avaient une telle admiration pour lui que partout dans le monde on accrochait ses portraits aux murs et c'était évidemment parce qu'il était devenu un tel maître dans la tuerie. Il a longtemps réfléchi à cela et en est arrivé à la conclusion inévitable que tous les héros étaient des hommes qui soit tuaient, soit se faisaient tuer.

Eh bien mais ça c'était hors de question : si c'était pour se faire tuer, il aurait mieux fait de rester à la campagne et de ne jamais jeter les yeux sur Addie. Par conséquent il fallait qu'il tue... mais quoi ?

Il y avait bien la possibilité de sauver quelqu'un ou quelque chose, mais pour cela il fallait qu'il y ait un danger quelconque et cela pourrait bien ne pas se produire avant longtemps, or il avait peur d'attendre et il était fatigué.

Il a posé son travail, s'est glissé hors de la table, a baissé la lumière et, couché à plat ventre sur son lit, il essayait de trouver une solution.

Il s'est redressé se frottant les pourtours de la figure. C'était mouillé sous sa barbe, il le sentait. Il essayait de se représenter ce que c'était que tuer. Il était assis sur le bord de sa couchette, regardant fixement le petit morceau de tapis et ses dessins persans dans lesquels son esprit s'entortillait.

Il voyait les arbres, le ruisseau où il allait pêcher, les champs verts, les vaches qui soufflaient par leurs naseaux un long ruban d'air chaud quand il approchait, il voyait les oies, la fine couche de glace sur les mares, toute hérissée de buissons... il voyait Addie et elle se confondait avec l'idée de tuer. Il essayait de s'imaginer en train de détruire quelqu'un d'autre. Il a choqué ses paumes ensemble et noué ses doigts en clef. Non, non, non, cela ne ferait même pas mourir une grive. Il a détaché ses mains, et regardé ses pouces. Il les frottait le long de ses jambes. Quelle terrible chose que le meurtre. Il s'est mis debout agitant son corps de côté et d'autre comme s'il lui faisait mal. Il est allé dans la boutique et a relevé le store jusqu'au bout de sa course.

En face exactement, deux lumières brillantes brûlaient dans la vitrine du boucher. Il pouvait voir les flancs des bœufs pendus à leurs crochets, les lacs de sang refroidi dans les plats, les yeux fermés des têtes de veau en rang sur leurs marbres avec l'air de femmes écorchées et le ballottement du gibier aux jambes cassées dans le courant d'air de la porte ouverte.

Il est sorti avec prudence de sa boutique, sur la pointe des pieds dans la rue, comme s'il risquait d'être vu ou entendu. De l'autre côté de la rue, donnant du front contre la vitrine de façade du boucher, il regardait fixement les yeux encapuchonnés des pigeons, les membranes affaissées et flétries des pattes de canards, le baquet bourré de déchets, crachant ses poumons et ses entrailles. Son estomac faiblissait, il était malade. Il s'est mis la main dans le creux du ventre et il a pressé. Il a tiré sur sa barbe, faisant rouler les cheveux roux qui se détachaient entre ses doigts.

Il connaissait bien le boucher. Il savait à quel moment il s'absentait pour aller boire une petite bière au café. Il savait que généralement il fermait la porte de derrière à la clenche et il savait exactement ce qui était entreposé dans l'arrière-boutique. Il ne s'attendait pas à avoir d'obstacle et il n'en a pas eu. Il a facilement poussé la porte de derrière.

Tout d'abord il ne voyait rien à cause de la faiblesse de l'éclairage, néanmoins il a émergé presque aussitôt, portant une boîte. Furtif à présent, pressé, trébuchant, il a retraversé la rue jusqu'à sa porte qu'il a ouverte du pied, tombant presque.

Le reflet rouge rubis des lampes de verre du boucher courait sur ses illustrations de mode et ses messieurs avantageux en carton. Le petit tailleur a posé la boîte dans le coin le plus éloigné. Son cœur battait jusque dans sa nuque. Il cherchait aveuglément dans son esprit quelque chose à quoi s'arrêter, quelque endroit pour reprendre son aplomb. Il fallait de la résolution. Il a serré les dents parce qu'elles claquaient mais ça n'a réussi qu'à le faire pleurer. Pour y mettre fin, il s'est accroché les mains derrière la nuque, le cou penché en avant et il s'est en même temps affaissé à côté de la boîte, sur les genoux, les mains et le front contre le sol. Il fallait qu'il le fasse. *Maintenant*. Son esprit a recommencé à errer. Il se voyait dans son pays, à une autre saison avec du soleil dans la forêt. Il se rappelait les moustiques. Il s'est mis en arrière sur ses talons, les bras ballants. L'été brillant qui vient soudain. Labourer, semer, faire la moisson... quel dommage ! Il s'est arrêté, qu'est-ce qui était dommage ? Ce n'est qu'à présent qu'il le remarquait.

Quelque chose bougeait dans la boîte, soufflant et donnant des coups de pied pour lui échapper. Il a proféré un cri, un grognement plutôt qu'un cri, et le quelque chose dans la boîte a frappé en retour, d'une peur battant durement comme un tambour.

Le tailleur s'est penché, les mains tendues, puis il les a enfoncées entre les fentes de l'ouverture de la boîte, les serrant fort, de plus en plus fort. Le terrible, oui vraiment le plus terrible c'est que l'animal ne proteste pas, ne gémit pas, ne crie pas : il souffle comme si l'air était émoussé, il bat sa vie et c'est l'horrible ruade des vaincus devant la dernière et futile atrocité.

Le tailleur s'est relevé, s'écartant à reculons de ce qu'il avait fait, il a heurté le seau à eau derrière lui et, se retournant, il y a plongé les mains. Il s'est jeté des vagues d'eau à la figure en battant l'eau de ses paumes. Puis il est allé tout droit à la porte et l'a ouverte. Addie est tombée en avant car elle était debout contre le battant, les mains derrière le dos.

Elle s'est remise d'aplomb sans s'excuser ou demander pardon. Elle voyait à sa figure qu'il avait, pour la première fois de sa vie, fait quelque chose de monstrueux et cela pour elle évidemment. Les bras dans le dos, elle s'est mise contre lui, comme auparavant contre la porte :

— Qu'est-ce que tu as fait ?

— Je... j'ai tué... je crois...

— Où ? Quoi ? Elle s'est écartée de lui pour regarder la boîte dans le coin. *Ça !* Elle s'est mise à rire d'un rire dur qui la pliait en arrière.

— C'est à prendre ou à laisser, il criait, et elle s'est arrêtée, la bouche ouverte. Elle s'est baissée pour ramasser un petit lapin gris. Elle l'a mis sur la table. Puis elle s'est approchée d'Amitiev et l'a entouré de ses bras :

— Allons, peigne-toi, elle disait.

Elle avait peur de lui, sa bouche avait quelque chose d'étrange, un léger battement latéral. Elle avait peur de sa façon de marcher, bruyante et sourde. Elle le poussait vers la porte. Il posait méthodiquement un pied après l'autre, le talon d'abord, ensuite la pointe des pieds.

— Où vas-tu ?

Il ne semblait plus savoir où il était, il l'avait oubliée. Il tremblait, la tête dressée, le cœur mouillé, à tordre.

Alors elle lui a dit avec aigreur :

— Frotte au moins tes bottes !

LES MÉDECINS

— Nous nous sommes apprêtés pour le jour du jugement dernier.

Cette remarque qui semblait ne se rapporter à rien, le docteur Katrina Silverstaff la faisait aux moments les plus inattendus comme quand on chuchote : — Sois calme. Elle se la répétait souvent. Elle l'avait en tête en rentrant chez elle alors qu'elle longeait le mur est du fleuve, faisant baller au bout de son doigt, par la boucle de son attache, la boîte de gâteaux à l'anis qu'elle rapportait toujours pour le thé. Et elle ne manquait jamais de s'arrêter et de se pencher par-dessus le mur pour regarder les péniches chargées de briques brillantes qui partaient pour les Iles.

Le docteur Katrina et son mari, le docteur Otto, ont fait leurs études à Fribourg-en-Brisgau, dans le même gymnase. Tous les deux avaient en vue un doctorat en gynécologie. Otto Silverstaff y est arrivé comme on dit, mais Katrina s'est perdue en route quelque part en vivisection, agissant comme si elle avait eu conscience de quelque inconvenance. Otto est resté dans l'expectative. Elle a laissé tomber ses cours et on l'a vue assise dans le parc, penchée en avant, tenant la canne d'Otto devant elle, avec ses deux mains sur le pommeau d'or, ses coudes ancrés sur ses jambes, piquant lentement du bout de sa canne les feuilles mortes. Elle n'a jamais retrouvé sa gaieté. Elle s'est mariée avec Otto mais on aurait dit qu'elle avait oublié *quand*. Pourquoi, elle le savait (elle l'aimait), mais il lui échappait du fait d'être dans le courant du temps, du fait d'être complètement *quotidien*.

Ils sont arrivés en Amérique au début des années vingt et ils ont tout de suite plu aux habitants de la *Second Avenue*. Les gens les aimaient bien, on pouvait compter sur eux, ils étaient stables : le docteur Katrina s'occupait des animaux et des oiseaux et le docteur Otto, lui, était un homme de zèle, de tout son petit corps rond, dévoué, qui dans les urgences bougeait sans que rien de sa personne (hormis les tiges de caoutchouc du stéthoscope) ne tressaute. Quand il tapotait un dos tendu, il apparaissait derrière l'épaule, les yeux saillants, la bouche serrée, soufflant, prononçant son verdict dans de lourdes bouffées d'espoir, de réglisse et de phénol.

Les plaques des deux médecins se trouvaient côte à côte dans la petite entrée dallée et de même les deux médecins (comme des gens dans une peinture hollandaise) étaient assis côte à côte à leur table en face de la fenêtre. C'est le premier jour qu'elle a fait cette remarque pour la première fois :

— Nous nous sommes apprêtés pour le jour du jugement dernier.

Il y avait entre eux un globe du monde et à côté de lui un appareil de pesage. Au moment où elle s'est mise à parler, il était en train de pousser paresseusement le bras de la machine oscillant sur ses dents rouillées et il s'est immobilisé pour la regarder avec une expression indulgente après qu'elle a eu brusquement fini sa phrase. Il était excessivement content d'elle car elle était l'« eau de mer » et la « fortitude impersonnelle », ne demandant, n'ayant besoin d'aucune attention. Elle était un bloc de mérite et de dévouement, engagée dans un territoire d'abstraction qui lui était familier, elle constituait en quelque sorte une rencontre excellemment arrangée avec la désaffection : bref elle était incompréhensible pour Otto comme le choix d'un coup aux échecs, car elle pouvait effectuer n'importe quel coup pourvu, il semblait au docteur, que quel qu'il soit il obéisse aux règles de cet ancien jeu.

Les médecins n'étaient pas en pratique depuis plus d'un an quand leur premier enfant, une fille, est né et l'année d'après c'était un garçon. Puis ils n'ont plus eu d'enfants.

Or, comme il s'était toujours pris pour un libéral dans le sens premier, plus sain, de ce mot (comme il l'expliquait le soir attablé au grill-room hongrois avec ses voisins, sa femme à côté de lui), le docteur Otto ne trouvait rien d'étrange à l'abstraction de sa femme, à son retrait ou son silence et ce d'autant moins s'il y avait dans l'atmosphère âcre de la broche tournante un xylophone et une fille dansant sur le talon de ses bottes. Katrina avait toujours été tout attention à la musique, note par note on peut dire qu'elle y assistait. Aussi elle collectionnait des livres sur les religions comparées et elle s'est mise à apprendre l'hébreu. Il disait à tout le monde :

— Eh quoi ! Avons-nous une appartenance ?

Leur vie est entrée ainsi dans sa dixième année. La petite fille prenait des leçons de danse et le petit garçon (qui portait des lunettes) n'existait que pour les insectes. Alors il est arrivé quelque chose de tout à fait extraordinaire.

Un jour le docteur Katrina a ouvert la porte au coup de sonnette d'un colporteur qui vendait des livres. En général elle ne les supportait pas et les renvoyait avec un acerbe :

— Non merci.

Mais cette fois, elle prenait son temps, la main sur la poignée de la porte, et elle examinait l'homme qui disait s'appeler Rodkin. Il disait qu'il faisait toute cette partie de la ville. Il disait qu'il l'avait omise précisément l'année d'avant quand il vendait la *Révolution française* de Carlyle. Il vendait la Bible cette fois-ci par contre. Le docteur Katrina s'est effacée pour qu'il entre. Il est entré donc, visiblement surpris, et il s'est arrêté dans l'entrée.

— Allons dans la salle d'attente, elle disait. Mon mari est en consultation, il ne faut pas le déranger.

Il disait :

— Oui, oui, bien entendu, je vois. Mais il ne voyait rien du tout.

La salle d'attente était vide, sombre et humide comme un arpent sorti de la mer. Le docteur Katrina a élevé la main pour atteindre et allumer une lumière solitaire qui déversait son arc dansant sur le tapis fané. Légèrement pâle, avec une barbe défrisée, blond filasse, qui tenait plus de l'animal que de l'humain, et une tignasse de cheveux semblables presque blancs qui tombaient tout droit du haut de son crâne, le colporteur n'était pas, il s'en faut, un homme menaçant. Avec ses yeux clairs et tout le reste il était si terne qu'il en paraissait fantomal.

Le docteur Katrina disait :

— Il faut que nous parlions de la religion.

Il était saisi, il a demandé pourquoi.

— Parce que personne n'y songe, elle disait.

Il ne répondait pas et elle lui a dit de s'asseoir. Il s'est assis les genoux croisés. Puis il a dit :

— Alors ?

Elle était assise en face de lui, la tête légèrement détournée, délibérant, il semble. Puis elle a dit :

— Il me faut faire en sorte que la religion ne soit plus à la portée d'un *petit nombre* : je veux dire qu'elle soit hors d'atteinte *pour* un petit nombre, qu'elle soit de nouveau quelque chose d'impossible, quelque chose qu'il faut chercher.

— *Un petit nombre ?* Ce sont de drôles de mots, il disait.

— Ce sont les seuls possibles, elle disait avec irritation. Parce que pour le moment il y en a beaucoup trop qui se réclament de la religion.

Il se passait la main qu'il avait petite dans sa barbe et répondait :

— Oui, bon, je comprends.

— Non vous ne comprenez pas, elle disait d'un ton tranchant. Venons-en au fait. Tout est trop bien arrangé pour moi. Je ne dis pas ça pour obtenir votre aide. Je n'aurai jamais besoin de votre aide. Elle le regardait droit dans les yeux. Tâchez de le comprendre dès le début.

— Début, il répétait d'une voix forte.

— Dès le début, au commencement quoi ! Ce n'est pas d'aide que j'ai besoin c'est d'*empêchement*.

— Pour quoi faire, madame ? Il a sorti la main de sa barbe et abaissé son bras gauche pour se décharger de ses livres.

— Ça ne regarde que moi. Ça n'a rien à voir avec vous. Vous n'êtes que le moyen, elle disait.

— Vraiment, vraiment, le moyen, il disait.

Un tremblement comme une grimace de douleur a parcouru sa joue et elle a dit :

— Vous ne pouvez rien faire, pas en tant que personne. Elle se levait. Je dois tout faire moi-même. Elle a dit : Non ! bien qu'il n'ait pas bougé, les mains levées, et a eu un geste de colère et de fierté en se saisissant des extrémités de son châle. Je vais devenir ta maîtresse. Elle a laissé tomber ses mains dans les plis de son châle. Mais ne sois pas envahissant, elle ajoutait. Viens me voir demain, ça suffit, c'est tout.

Ce « tout » a procuré au petit colporteur une peur tout à fait inconnue.

Le jour suivant il était là cependant, gauche, faisant des courbettes, trébuchant. Elle ne voulait pas le voir. Elle lui a fait dire par la bonne qu'elle n'avait pas besoin de lui et il est parti tout ahuri. Il est revenu le jour d'après pour s'entendre dire que le docteur Katrina Silverstaff était sortie. Elle l'a reçu le dimanche qui venait.

Elle était calme, presque gentille, comme si elle le préparait pour une déception et il écoutait :

— J'ai délibérément ôté à l'interdit tout remords. J'espère que tu comprends.

Il disait : Oui, et ne comprenait rien.

Inexorable, elle continuait :

— Pour toi il n'y aura pas d'épines. Tu seras privé d'épines, mais ne compte pas le montrer en ma présence. Et elle ajoutait, voyant sa terreur : Je t'interdis de souffrir pendant que je suis dans la pièce. Lente et précise, elle détachait sa broche. Je déteste tout ce qui est déchéance spirituelle.

— Oh ! oh ! il disait à voix très basse.

— C'est par la volonté, elle disait, qu'il faut atteindre à la totale désaffection.

A sa propre surprise, il a aboyé des mots :

— J'espère bien.

Elle se taisait, réfléchissant, et il n'a pas pu s'en empêcher, il a fallu qu'il le dise :

— Je veux souffrir.

Elle s'est retournée d'un seul coup :

— Pas dans ma maison.

— Je vous suivrai partout, dans le monde.

— Tu ne seras plus rien pour moi.

Il a dit :

— Qu'allez-vous donc faire ?

— Est-ce qu'un total désintérêt fait qu'on se suicide ?

— Je ne sais pas.

Elle disait maintenant :

— J'aime mon mari, je veux que tu le saches. Ça n'a rien à voir avec ce qui se passe mais je veux quand même que tu le saches. Je suis très *contente* de lui et très fière.

— Oui, oui, Rodkin disait.

Et il s'est remis à trembler, sa main sur la colonne du lit en faisant retentir le cuivre.

— Il y a en moi quelque chose de funèbre qui est l'être.

Il ne répondait pas, il pleurait.

— Il y a encore quelque chose d'autre que j'exige, elle a dit durement. C'est que, tant que tu es dans cette pièce, tu ne me fasses pas l'insulte de ton attention.

Il tentait d'arrêter ses larmes afin de comprendre ce qui se passait.

— Tu vois, elle continuait. Il y a des gens qui s'empoisonnent, d'autres qui se servent d'un couteau, d'autres se noient. Moi, je te prends.

A l'aube, elle lui a demandé en se redressant s'il avait envie de fumer et elle lui a allumé sa cigarette. Après quoi elle s'est retirée en elle-même, assise sur le montant du lit d'acajou, les mains sur les genoux.

Il y avait malheureusement chez Rodkin un bien-être nouveau. Il s'est retourné dans le lit, les pieds croisés ramenés sous ses reins. Il fumait lentement, avec attention.

— Alors, est-ce qu'on regrette ?

Le docteur Katrina ne répondait pas, elle ne bougeait pas, elle ne semblait pas l'avoir entendu.

— Cette nuit vous m'avez fait peur, il disait. Cette nuit j'ai failli devenir quelqu'un.

C'était le silence.

Il s'est mis à citer sa Bible :

— Et les animaux des champs, les oiseaux du ciel vont-ils t'abandonner ? et puis : Y a-t-il un homme quelconque pour t'abandonner ?

Katrina Silverstaff n'a pas bougé mais quelque chose a tressailli dans sa joue.

Le jour apparaissait, les lumières des réverbères se sont éteintes, une charrette de laitier a roulé avec fracas sur les pavés jusque dans l'obscurité d'une rue latérale.

— Quelqu'un. Quelqu'un parmi tant d'autres... *L'unique*.

Elle ne disait toujours rien et il a éteint sa cigarette. Il s'est mis à frissonner. Il a roulé sur lui-même et il s'est redressé, ramenant à lui ses vêtements.

— Quand vous reverrai-je ? Une sueur froide l'a inondé. Ses mains tremblaient. Demain ? Il a tenté de s'approcher d'elle mais il s'est retrouvé à la porte. Je ne suis rien, personne. Il s'est tourné vers elle et s'est penché légèrement comme pour l'embrasser mais elle n'a fait aucun mouvement pour l'y aider. Vous êtes en train de tout reprendre. Je ne sens rien... Je ne souffre pas, pas du tout, vous

86

savez... Je ne peux pas... Il a essayé de la regarder. Il y a réussi après un long moment.

Il a vu qu'elle ne savait pas qu'il était là.

Alors quelque chose comme de la terreur l'a pris, il a tourné la poignée de la porte d'une main précautionneuse et sûre et il a disparu.

Quelques jours plus tard, à la nuit tombante, il est venu dans la rue des médecins, avec le courage d'un chien battu, et il a regardé la maison.

Un unique morceau de crêpe, noué, pendait à la porte.

A partir de ce jour-là, il s'est mis à boire. Il est devenu un vrai fléau dans les cafés du quartier. Et un jour, en voyant le docteur Otto Silverstaff assis seul dans son coin avec ses deux enfants, il a eu un rire bruyant puis a éclaté en sanglots.

LE TROP-PLEIN

Julie Anspacher, par la chaleur de midi, se trouvait, derrière deux chevaux rapides, en voiture. L'air était plein du son de poulies et d'eau de puits et aussi de la bruine parfumée des fleurs. Julie regardait avec attention tandis que la route devenait familière.

Le conducteur, un ami de la famille, vieux Scandinave qui connaissait en tout deux contes, l'un ayant trait à une perdrix, l'autre à une femme, était assis, raide, sur son siège, tenant les rênes lâches au-dessus des croupes luisantes des juments. Il sifflait l'air de l'histoire sur la perdrix en se balançant d'avant en arrière sur son assise ferme et, en même temps que la chanson, arrivait, mais dérivant à rebours, l'odeur de cuir forte, comme celle de l'herbe, des animaux peinant sous le harnais tendu.

Les chevaux ont commencé à monter la côte, faisant bouger leurs oreilles, étirant leur cou vers le bas. Au sommet, ils ont bondi en avant dans un tourbillon d'étincelles et de poussière. Le conducteur toujours aussi raide, toujours en train de siffler, ramassant les rênes dans un geste large, a levé son fouet haut dans l'air et avec élégance l'a remis dans son socle. Il a dit d'une voix au timbre profond :

— Il y a longtemps qu'on ne vous avait vue, madame Anspacher !

Julie a dégagé sa longue figure de son col et a fait un signe d'approbation.

— Oui, elle a dit brièvement. Puis elle s'est renfrognée.

— Votre mari a déjà rentré le maïs et les vergers croulent sous le poids.

— Vraiment ? Elle essayait de se rappeler combien il y avait de pommiers et de poiriers.

Le conducteur a changé les rênes de main et s'est retourné :

— Ça fait plaisir de vous revoir, madame Anspacher ! Il le disait de si bon cœur et avec si peu d'affectation que Julie s'est mise à rire sans réserve.

— Vraiment ? elle a répondu, puis elle s'est reprise et regardait droit devant elle, l'air fâché. L'enfant assise à son côté, les membres lâches par excès de jeunesse, a levé la tête. Elle avait, planté dans sa figure, un petit nez aquilin drôle et hardi. Elle tenait sans le tenir un manchon d'hermine démodé avec des queues qui dépassaient de tous les côtés. Elle avait l'air surexcité.

— Vous vous rappelez madame Berling ? le conducteur a continué. Elle s'est remariée.

— Elle s'est remariée ?

— Oui, madame.

Il s'est mis à lui raconter qu'il y avait eu un poste vacant au bureau pour s'occuper du courrier et qu'il avait été pris par le neveu de son mari.

— Corruption ! elle a dit en ricanant.

L'enfant a fait un geste de surprise, puis a regardé rapidement ailleurs comme font les enfants quand ils s'attendent à quelque chose mais sans savoir quoi. Le conducteur a abaissé son fouet sur les chevaux de part et d'autre. Une ligne d'écume est apparue au bord des harnais.

— Vous disiez, madame Anspacher ?

— Je ne disais rien. Je disais, tout est perdu depuis le début, toujours, il ne nous manque que de le savoir.

L'enfant a levé les yeux vers elle, puis les a baissés vers son manchon.

— Anne, as-tu déjà vu des chevaux aussi grands que ceux-ci ? Julie Anspacher parlait soudain à l'enfant en lui retirant son manchon des mains.

L'enfant a tourné la tête avec vicacité et se penchant en avant elle essayait de voir entre les bras du conducteur.

— Est-ce que ce sont des chevaux ? Elle chuchotait.

— Tu n'as pas besoin de chuchoter, Julie disait. Elle a pris une profonde respiration et la soie de son corsage en travers de ses seins s'est tendue. Non, ce ne sont pas mes chevaux. Mais nous en avons deux, plus grands, plus noirs.

— Je pourrai les voir ?

— Ne sois pas ridicule ! Bien sûr tu les verras.

L'enfant s'est recroquevillée en se cramponnant nerveusement à son manchon. Julie Anspacher s'est remise à ses réflexions.

Cela faisait presque cinq ans que madame Anspacher n'était pas rentrée chez elle. Cinq ans plus tôt, par un automne comme celui-ci, les médecins lui avaient accordé six mois de vie, avec un poumon perdu et l'autre en voie de l'être. On l'appelle la « mort blanche » ou parfois encore la « maladie d'amour ». Elle toussait un peu parce qu'elle se souvenait, et à son côté l'enfant a toussé aussi, comme en écho. Le conducteur s'est dit en plissant le front que madame Anspacher n'était pas guérie.

Elle avait trente-neuf ans. Elle aurait dû mourir à trente-quatre ans. Au cours de ces cinq années de rémission, Paytor, son mari, était venu la voir cinq fois, au moment de Noël, arrivant par le train après plus de quatorze heures de voyage. Il maudissait les médecins, il les traitait d'imbéciles et lui demandait chaque fois quand elle allait rentrer.

La maison apparaissait d'un blanc triste contre les acacias. De la fumée, cette fumée paresseuse d'automne qui s'élève en une colonne droite, montait dans un ciel vide tandis que le conducteur a tiré sur les rênes et que les mâchoires écumantes des chevaux se sont bloquées sur le mors. D'un bond Julie Anspacher a sauté de la voiture, sur le côté, faisant danser au-dessus de ses hanches les basques courtes de sa veste à la mode. Elle s'est retournée, elle a fourré ses mains gantées de noir sous l'enfant qu'elle a portée jusqu'au chemin. Un chien s'est mis à aboyer quelque part au moment où elles entraient par le portail.

Une servante avec un cache-poussière a sorti la tête à une fenêtre en gloussant, l'a refermée et en a fait claquer le battant. Paytor s'avançait vers sa femme et l'enfant, à pas lents et mesurés, à travers le gravier.

C'était un homme de taille moyenne avec une barbe coupée court qui se terminait par une pointe grise à la hauteur du menton. Il était robuste, solennel et il marchait les genoux sortis, ce qui lui donnait une allure chaloupée, inspirant la confiance. Il avait des yeux graves et une bouche ferme. Il était un peu surpris. Il a soulevé le voile couleur abricot qui cachait la figure de Julie et, se penchant, il l'a embrassée sur les deux joues.

— Et d'où vient l'enfant ? il a demandé en touchant le menton de la petite fille.

— Allons, viens, ne sois pas ridicule, Julie disait avec impatience et elle a continué d'avancer à toute force vers la maison.

Il se hâtait derrière elle.

— Je suis si heureux de te voir, il disait en essayant de se maintenir à la hauteur de ses longues enjambées qui avaient pour effet de soulever de terre la petite fille trottinant et trébuchant. Dis-moi, qu'est-ce que les médecins ont dit ? Guérie ? Il y avait du bonheur dans sa voix tandis qu'il poursuivait : Non que j'accorde de l'importance à *ce* qu'ils pensent... Je t'ai toujours prédit un âge avancé, n'est-ce pas ? Quelle a été, je te le demande, la méthode des médecins dans le cas de Marie Bashkirtseff ? Ils l'ont enfermée dans une pièce sombre avec toutes les fenêtres fermées et bien sûr elle est morte. Ça c'était la méthode d'alors. Maintenant c'est la tuberculine de Koch et ça n'a aucun sens non plus. C'est le bon air frais qu'il faut.

— Ça a marché pour certains, elle disait en le devançant dans la salle de séjour. Il y avait là-bas un garçon... Mais on en parlera plus tard. Peux-tu demander à quelqu'un de mettre Anne au lit ? Le voyage a été fatigant pour elle, regarde comme elle a sommeil. Va-t'en vite, Anne, elle a ajouté en la poussant légèrement mais gentiment vers la servante. Après qu'elles ont eu disparu, elle s'est mise à regarder autour d'elle, en retirant son chapeau. Je suis contente que tu aies enlevé les lustres à cristaux, j'ai toujours détesté les cristaux.

— Je ne les ai pas enlevés, le toit s'est effondré, tout de suite après ma dernière visite en décembre. Tu as une mine splendide, Julie. Il a rougi. Je suis tellement content, tellement heureux tu sais, terriblement heureux. Je commençais à me dire... eh bien non pas que les médecins *sachent* quoi que ce soit ! Mais cela faisait si longtemps. Il voulait rire, s'est ravisé et a dit en bégayant : L'altitude ici est de cinq cents mètres environ. Mais ton cœur se porte bien et s'est toujours bien porté.

— Qu'est-ce que tu en sais ? Julie parlait avec colère. Tu ne sais pas ce que tu dis. Quant à l'enfant...

— Oui, eh bien ?

— Elle s'appelle Anne, elle finissait sa phrase avec mauvaise humeur.

— Un joli nom. C'était le nom de ta mère. Qui est-ce ?

— Oh ! grands dieux ! Julie criait en tournant autour de la pièce vers le côté des meubles le plus éloigné. C'est ma fille évidemment ! Qui donc serait-ce sinon ma fille ?

Il l'a regardée.

— Ta fille ? Mais enfin Julie, c'est vraiment absurde ! Toute sa figure s'était vidée de sa couleur.

— Je sais. Il va falloir que nous en parlions, il va falloir tout arranger, c'est terrible. Mais elle est gentille, c'est une enfant intelligente, une bonne enfant.

— Qu'est-ce que ça veut dire ? Arrêté en face d'elle, il la questionnait. Quelle mouche te pique ? Qu'est-ce que j'ai fait ?

— Qu'est-ce que *tu* as fait, grands dieux ! Ce que tu peux être ridicule. Mais rien, bien sûr, absolument rien ! Elle a fait un geste de la main. Ce n'est pas cela ! Qu'est-ce que tu viens faire là-dedans ? Je ne te reproche rien. Je ne te demande pas de me pardonner. Je me suis déjà mise à genoux, j'ai frappé mon front contre le sol, je me suis humiliée. Et elle ajoutait d'une voix épouvantable : Mais ce n'était pas assez bas, le sol n'est pas assez bas. Se courber ne suffit pas, demander pardon ne suffit pas. Accepter ? Ça ne suffirait pas davantage. C'est tout simplement que pour moi dans ce monde il n'y a pas de bonne souffrance à éprouver pas plus que pour toi il n'y a de bonne pitié à ressentir. Il n'existe pas un mot au monde qui puisse me guérir. La pénitence ne peut pas me délier : c'est quelque chose qui va plus loin que la fin de tout, c'est souffrir sans qu'il y ait de rémission possible, c'est comme le manque de sommeil, c'est comme tout ce qui ne peut pas se mesurer. Je ne demande rien du tout parce qu'il n'y a rien à donner ou à recevoir. Ah ! que c'est primaire d'être capable d'accepter...

— Mais Julie...

— Non, non tu te trompes, elle disait brutalement, avec des larmes lui nageant dans les yeux. Je t'aime, bien sûr. Mais songes-y : j'étais alors un danger pour tout le monde... sauf pour ceux qui étaient comme moi... attendant la mort dans la même maladie... avec la peur... totalement absorbée par un problème qui ne touchait qu'une poignée d'êtres humains... bourrée de fièvre et de lubricité... une lubricité bien loin d'être délibérée, de la simple chaleur. Épouvantée... ah ! épouvantée ! Et rien qui vienne après, quoi qu'on fasse, rien, rien du tout sauf la mort... et on continue... ça continue... et ensuite l'enfant... et la vie, la sienne, sûrement, pour quelque temps...

— Donc ?

— Donc je ne pouvais pas te le dire. Je pensais, le mois prochain je serai morte, personne ne saura bientôt plus rien d'aucun de nous. Mais j'ai beau dire, tout compte fait je ne voulais pas m'en aller... et *j'ai*... enfin, tu sais ce que je veux dire. Puis le père de l'enfant est mort... il paraît qu'elle a les poumons fragiles... la mort qui se perpétue elle-même... étrange n'est-ce pas... et les médecins... Elle s'est retournée brusquement : Tu avais raison, ils m'ont menti et j'ai survécu... jusqu'au bout.

Il s'était détourné et éloigné d'elle.

— L'idée vraie, l'idée juste, c'est le but, elle disait d'une voix peinée, toute chose devrait produire son but. Le tourment devrait avoir quelque sens. Je ne voulais pas te dépasser ou avoir quoi que ce soit qui te dépasse, ce n'était pas ça que je voulais, pas du tout ça. Je pensais qu'il n'y allait plus y avoir de moi. Je ne voulais rien laisser derrière moi si ce n'est toi, uniquement toi. Il faut que tu me croies sinon je ne pourrai pas le supporter... et pourtant, elle continuait en tournant dans la pièce avec impatience, il y avait aussi dans tout ceci une espèce de joie d'hystérie. Je pensais, si Paytor a quelque sensibilité, cet étrange « quelque chose » qui doit bien être au centre de tout (sinon on ne le désirerait pas avec autant de passion), ce quelque chose de secret et de si proche qu'il en est presque obscène... eh bien, je pensais, si Paytor sait ce que c'est, s'il a cette « grâce » (et j'ai toujours su que tu ne l'avais pas, figure-toi), je pensais, eh bien il va comprendre alors. Puis je me disais à ces moments-là, après que tu avais été depuis longtemps parti, *maintenant* il sait, en ce moment même, à dix heures et demie précises à l'horloge, si je pouvais *maintenant* être avec lui, il me dirait, je comprends. Mais aussitôt que j'avais en main l'indicateur des chemins de fer pour regarder avec quel train tu pouvais venir, je savais qu'il n'y avait pas ce sentiment dans ton cœur. Pas le moins du monde.

— Tu n'éprouves donc aucune horreur ? il lui demandait d'une voix forte.

— Non, je n'éprouve pas d'horreur. Pour qu'il y

ait horreur il faut qu'il y ait conflit et je ne sens pas de conflit. Je suis étrangère à la vie, je suis perdue en eau tranquille.

— Est-ce que tu as de la religion, Julie? Il lui parlait toujours d'une voix forte comme s'il s'adressait à quelqu'un à distance.

— Je ne sais pas. Je crois que oui, mais je n'en suis pas sûre. J'ai essayé de croire en quelque chose d'extérieur et d'enveloppant qui puisse m'emporter au-delà... c'est ce que nous attendons de notre foi, n'est-ce pas? Je n'y réussis pas, cela m'échappe. Et je reviens une fois de plus à l'idée qu'il y a quelque chose qui convient mieux que la délivrance.

Il s'est mis la tête dans les mains.

— Tu sais, il disait, j'ai toujours pensé qu'une femme devrait tout savoir parce qu'elle a cette *capacité* de faire des enfants. Le fait même qu'une femme puisse faire quelque chose d'aussi déraisonnable que d'avoir un enfant devrait lui donner le don de prophétie.

Elle toussait, avec son mouchoir devant la figure.

— On apprend à faire très attention à la mort, mais jamais à la... Elle n'a pas été jusqu'au bout de sa phrase mais s'est mise à regarder fixement droit devant elle.

— Pourquoi avoir amené l'enfant ici et pourquoi même être revenue après tout ce temps? Tout cela est terriblement embrouillé, vraiment.

— Je ne sais pas. Peut-être parce qu'il y a un vrai et un faux, un bien et un mal et qu'il me faut les découvrir. Si « l'éternelle miséricorde » existe, il me faut découvrir ce qu'il en est. La miséricorde chrétienne a un goût si peu familier, une sorte d'intimité étrangère...

Elle a eu une certaine façon de relever la tête de côté en fermant les yeux:

— Je pensais, peut-être que Paytor sait...

— Sait quoi ?

— Comment diviser. Je pensais, il va être capable de me diviser contre moi-même. Je ne me sens pas personnellement divisée, il me semble être un tout sain et équilibré, tout en étant irrémédiablement étrangée. Donc je me disais, Paytor va savoir où le but divise et sépare, quoique pendant tout ce temps-là je ne faisais pas de marchandage, je ne méditais aucun système... bon, en d'autres termes je voulais qu'on me fasse avoir *tort*, tu comprends ?

— Non. Il parlait toujours d'une voix forte. Et il y a plus, tu dois bien savoir toi-même ce que tu m'as fait. Tu as tout mis à l'envers. Oh ! je ne dis pas que tu m'as trahi, c'est bien moins que ça et bien plus, c'est ce que presque tous nous faisons, nous trahissons les circonstances, nous ne tenons pas bon. Eh bien, je ne peux rien faire pour toi, il disait avec brusquerie. Je ne peux rien faire du tout. Je suis désolé mais c'est comme ça. Il faisait des mines et haussait les épaules.

— L'enfant l'a aussi, Julie Anspacher disait en levant la tête vers lui. Bientôt je vais mourir. C'est ridicule, elle a ajouté, avec des larmes lui ruisselant le long de la figure. Tu es fort, tu l'as toujours été comme toute ta famille avant toi, aucun qui soit enterré avant quatre-vingt-dix ans... c'est tout à fait injuste... c'est complètement ridicule !

— Je ne sais pas. Peut-être que ce n'est pas ridicule. Il faut se garder de conclure trop rapidement. Il s'est mis à chercher sa pipe. Mais tu dois bien savoir toi-même, Julie, à quel point je me tourmente, des jours et des années, quand il s'agit d'une chose importante. Pourquoi ? Parce que immédiatement je tire des conclusions et puis je dois lutter pour les détruire. Il avait l'air un peu emphatique, à présent. Tu comprends, il ajoutait, je suis humain mais je suis simple aussi. Plus tard peut-être je pourrai te dire quelque chose... te donner au moins un début. Plus tard.

Il a tourné le dos en tenant sa pipe dans le creux de sa main et a quitté la pièce en fermant la porte derrière lui. Elle l'a entendu monter l'escalier aux marches de chêne dur qui menait à un grenier de tir où il s'exerçait à viser les cercles concentriques de ses cibles.

L'obscurité devenait enveloppante, elle engloutissait les buissons et la grange et, à l'intérieur de la maison, roulaient, en même temps qu'elle, les odeurs du verger. Julie se penchait à l'appui de la fenêtre, appuyée contre sa main, et écoutait. Elle entendait très loin le bruit affaibli que faisaient les chiens et la source qui dévalait la montagne et elle pensait : L'eau quand elle est dans la main est sans voix, pourtant en passant par-dessus les chutes elle rugit bien. Elle chante contre les petits cailloux dans les ruisseaux mais quand elle est capturée et se bat et coule le long des mains, elle n'a goût que d'eau. Des larmes lui venaient aux yeux sans couler. Des souvenirs d'enfance sentimentaux, elle se disait, qui avaient été parfois effrayants, liés à la pêche, au patinage, de façon marquée, et à ce jour où on lui avait fait embrasser le prêtre mort sur la joue... *qui habitare facit sterilem... matrem filiorum laetantem...* et enfin le *Gloria Patri*... cela l'avait fait pleurer à retardement d'une peine étrange qu'elle avait ravalée parce qu'en embrassant sa joue elle touchait la passivité agressive, totale et froide.

Elle s'interrogeait et errait dans son esprit. Elle entendait Paytor en haut qui marchait sur les fines lames du parquet, elle sentait l'odeur de son tabac, elle l'entendait faire claquer les culasses de ses fusils.

Machinalement elle s'est approchée du coffre dans le coin. Il était orné de scènes de neige. Elle a soulevé le couvercle. Elle a retourné la première couche de vieilles dentelles et de châles et elle a atteint un corsage de soie rayée... celui qu'elle portait des années auparavant, il avait appartenu à sa mère. Elle s'est arrêtée. Et l'enfant ? Paytor semblait ne pas aimer l'enfant. Ridicule ! elle disait tout haut. Elle est calme, bonne, gentille. Que lui faut-il de plus ? Pourtant non, cela ne suffit pas à présent. Elle retirait ses gants (pourquoi ne l'avait-elle pas fait tout de suite ?). Elle avait peut-être fait une erreur en revenant. Paytor était fort comme toute sa famille avant lui, et elle, elle était malade et toussait. Et Anne ? Elle avait fait une erreur en revenant. Elle s'est dirigée vers l'escalier pour appeler Paytor et le lui dire et elle attachait son voile tout en marchant. Le temps s'est étiré. Non, ce n'était pas ça la réponse, l'idée juste.

Le battant de l'horloge de bois sur le manteau de la cheminée poussait le temps de long en large avec aisance et lourdeur, et Julie, à la fenêtre à présent, avait la tête qui tombait sans dormir. De longs rêves grotesques l'ont assaillie, se sont accrochés à elle, se sont dispersés et l'ont de nouveau submergée. Anne toussait dans son sommeil quelque part (elle devait être dans la chambre d'amis). Julie Anspacher toussait aussi en tenant son mouchoir contre sa figure. Elle entendait des pieds qui marchaient de long en large sans interruption, et l'odeur du tabac se faisait de plus en plus proche.

Que pouvait-elle faire, pour l'amour de Dieu ! Qu'est-ce qu'elle pouvait bien faire ? Si seulement elle n'avait pas l'habitude de se battre contre la mort. Elle secouait la tête. La mort est au-delà de la connaissance et on doit d'abord avoir la certitude de quelque chose d'autre. Si seulement j'avais le pouvoir de ressentir ce que je devrais ressentir. Mais j'ai supporté trop de choses, pendant trop longtemps. Pourtant trop longtemps cela n'existe pas. La tragédie c'est ça... que la discipline pour apprendre à tout supporter soit interminable. Elle pensait : Si seulement Paytor voulait me donner du temps, j'y arriverais. Puis il a semblé que quelque chose devait arriver. Si seulement je pouvais penser le mot juste avant que cela arrive, elle se disait. Elle l'a redit encore. Je ne peux pas penser parce que j'ai froid. Je vais penser tout de suite. Je vais retirer ma veste, mettre mon manteau...

Elle s'est levée, tâtant le mur. Où était-il ? Est-ce qu'elle l'avait laissé sur la chaise ? Je ne trouve pas le mot, elle disait pour garder son esprit occupé.

Elle s'est retournée. Toute sa famille... vit longtemps. Et moi aussi, moi aussi, elle murmurait. Sa tête s'est mise à tourner.

C'est parce qu'il faut que je me mette à genoux. Mais ce n'est pas assez bas. Elle se contredisait. Pourtant si je mets ma tête en bas, tout en bas... bas, bas, bas... Elle a entendu un coup de fusil. Il a le sang rapide et chaud...

Son front n'avait pas encore tout à fait atteint le plancher, à présent il le touchait. Mais elle s'est relevée immédiatement en trébuchant sur sa robe.

LA PASSION

Tous les après-midi à quatre heures et demie, sauf le jeudi, s'avançait dans le Bois avec excellence et mesure un attelage élégant tiré par deux chevaux bais aux œillères de cuir verni brillant ornées de R d'argent, aux culières bien piquées et impeccables et au-dessus, s'élevant fièrement, les queues écourtées.

Dans la voiture aux rideaux à moitié tirés se tenait la princesse Frederica Rholinghausen, assise très droite au centre d'un capitonnage à médaillons.

Derrière le voile soigneusement baissé qui entoilait le bord évasé d'un chapeau de paille d'Italie chargé de rubans et de roses, le visage imperturbable n'était plus fardé de rouge pour affirmer sa forme désormais mais pour en éclairer la noble émaciation. La haute silhouette aux épaules comme de délicats arcs-boutants était enserrée dans de la moire grise, les genoux laissant échapper le raide excédent en deux angles aigus comme les coins d'une boîte de bonbons. Pas une perle du collier de chien ne remuait parmi le bleu immergé des veines et l'éclat sur les ongles des doigts n'était déplacé par aucun mouvement personnel. Le scintillement des os engemmés et de l'œil perçant tournait d'un bloc avec le virage de la voiture lorsqu'elle passait devant le lac aux oiseaux criards et roulait dégagée de l'ombre enlaçante des troncs sans branches.

Le cocher, assis sur le siège avec son fils, rompait le jeune homme à une vie de conducteur où le vieil homme n'aurait aucune part. Tous les jeudis, quand la princesse restait chez elle, l'attelage vide, mené bon train, ballottait dans l'allée de Longchamp qui, tous les jeudis, retentissait des cris que poussait le vieil homme :

— Eh ! doucement, doucement !

Les gens de la princesse, réduits à cinq maintenant, travaillaient sans plus d'effort que ne l'exigeait une routine au ralenti. Le matin, dépoussiérer dans la bibliothèque les livres aux reliures de chevreau blanc, aux armes décolorées, l'après-midi écarter dans la serre les rideaux des vitrages si le soleil n'était pas trop éblouissant, et, l'an révolu, condamner une pièce au fur et à mesure que la princesse faisait moins d'allées et venues dans les chambres.

Réglé comme une pendule, le cuisinier dans la cuisine fouettait trois blancs d'œufs avec du rhum et du sucre pour le *soufflé* du soir. Et non moins régulièrement le jardinier arrosait les plantes à la tombée de la nuit comme s'il avait été investi d'un office spécial, car dans la splendeur tranquille des jardins du château on goûtait la lourde et sombre majesté de Versailles.

La bichonne, depuis longtemps trop vieille pour se soulever, dormait lourdement dans son panier d'indienne plissée, masse de fourrure blanche, sans aucune démarcation pour les membres ou les traits, sauf pour la ligne de poils noirs qui marquait les paupières et la pointe humide tombant bas sous le menton.

Pour ses jeudis, la princesse se levait à trois heures, s'habillant elle-même devant une longue coiffeuse de chêne flambant de ses bouteilles à facettes. Sa taille avait atteint un mètre quatre-vingt-deux, à peu de chose près. A présent elle avait à peine décliné. Il y avait des fleurs coupées çà et là, mais elle ne s'en occupait pas. Les scènes de chasse qui pendaient sur le mur entre les hautes chaises de chêne étaient plumeuses de poussière, oubliées. Elle les avait peintes quand elle était jeune. L'épinette dans le coin, recouverte d'un jeté de satin jaune, brodé de sa main, s'effritait à l'angle du couvercle, témoignant d'un demi-siècle de silence. Les partitions, posées les unes sur les autres, étaient pour soprano. L'une d'elles était ouverte à *Libeslied*. Les seuls objets à avoir connu un usage récent étaient les candélabres, avec leurs bougies à moitié consumées sur leurs piques, car la princesse lisait la nuit.

Il n'y avait que deux portraits et ils étaient dans la salle à manger. L'un représentait son père en uniforme, debout près d'une table, un chapeau à plume à la main, sa main sur la garde d'une épée, ses éperons perdus dans l'épaisseur du tapis. L'autre représentait sa mère, assise sur un banc de jardin, habillée de vert sombre, avec un petit chapeau d'homme rabattu sur le côté. Dans un de ses poings elle retenait une cascade de bouillonnés au-dessus de ses hautes bottes d'équitation. Une vitrine baroque contenait des miniatures de frères et de cousins : enfants aux joues roses, aux cheveux de lune, enfants sans sexe souriant au milieu du bric-à-brac, des éventails, des pièces, des sceaux, des soucoupes de porcelaine (émaillées d'aigles), et bizarrement une statuette représentant une dame qui regarde ses seins sans couleur à travers la gaze de sa chemise de nuit.

Quelquefois il pleuvait, les gouttes s'écrasaient sur les hautes portes-fenêtres et le reflet faisait rage dans les glaces. Quelquefois le soleil frappait un cristal qui, à son tour, envoyait une aile de feu glacée contre le plafond.

Bref la princesse était très âgée. Or on dit que les vieillards ne peuvent s'approcher de la tombe sans crainte et appréhension ou sans se livrer à quelque rite religieux. Ce n'était pas le cas de la princesse. Elle était aux prises avec une grande décrépitude : elle était *sèche*, mais survivait de l'ultime suppuration de sa volonté.

Quelquefois, pas souvent, mais cela arrivait, elle riait avec l'emportement que procure quelque chose dont on se souvient mal à propos et le rire chez les anciens est troublant parce qu'il est sans clémence et isolé. Parfois, relevant ses lorgnons à un moment non compromettant, elle avait étonnamment l'air d'un *galant*, d'un *bon vivant*. Mais il y avait dans sa chair un lavis de bleu qui disait son acceptation de la mortalité. Elle ne parlait jamais de l'esprit.

De temps en temps deux tantes rouillées lui rendaient visite, accompagnées par des compagnons branlants, également cassés et paralytiques, qui néanmoins s'arrangeaient pour récupérer les objets tombés, les lunettes égarées, les miettes de gâteau, se penchant et se relevant patiemment, avec leurs montres de gousset oscillant au bout de leurs crochets d'argent.

Quelquefois son unique neveu, un « mauvais sujet » dont les talents n'avaient rien d'enfantin, débarquait, après avoir mis son cheval à l'écurie, insolent et sans reproche, marchant avec les jambes bien écartées, frappant ses bandes molletières avec le passant du manche de son fouet, se pavanant sur toute la longueur de la pièce, promettant une « dévotion immortelle », présentant à bout de bras un robuste zinnia. Puis s'écroulant sur une chaise (avec l'aisance d'une insolence héréditaire, au milieu de nobles fémurs et péronés, d'os libres de contrainte, et d'un profit non gagné par du travail) il sirotait son thé dans la tasse fragile, mordait à énormes croissants dans la tranche fine de pain beurré et regardait dehors dans les champs d'un œil froid et calculateur. Et quand la princesse quittait la pièce, il ne s'en souciait guère.

Kurt Anders, un officier polonais ayant appartenu à un régiment de mémoire incertaine, qui ne paraissait presque jamais en uniforme, était son principal visiteur. Pendant quelque trente ans il s'était présenté le second jeudi de chaque mois, buvant avec grâce dans la même porcelaine, tout comme s'il n'avait pas été un géant, bien troussé et le buste lourd. Deux longs plis s'étendaient à partir de son long nez busqué et pendant au-dessous duquel sa bouche, trop petite et trop plate pour ses dents larges, errait à la poursuite de la tasse. Il parlait avec un fort accent.

Il était veuf. Il collectionnait de la vaisselle d'argent, les éditions anciennes, les armes à feu et les timbres. Il était un fervent du dix-septième siècle. Il portait des gants couleur puce qui, quand il les déroulait d'un seul coup pour les enlever, projetaient dans la pièce une faible odeur de violette. Il avait la contenance de quelqu'un qui avait favorisé le vice et l'air d'avoir goûté à tout. Mais quoique élégant de sa personne, il avait quelque chose qui sentait la selle.

Quelquefois, arrivant un peu plus tôt, il allait aux

écuries où les chevaux qui n'étaient plus que deux piétinaient pendant qu'on les étrillait et où une sympathique flopée de chiennes alourdies par les chiots de la saison à venir rampaient et jappaient. Anders se baissait pour flatter leurs museaux, tirant sur leurs colliers de cuir, attendant le temps nécessaire pour que leurs queues soient à l'aplomb.

Cet homme, dont on a dit que l'histoire était à la fois *éblouissante* et sombre et qui, d'après les rumeurs, avait à n'en pas douter déçu sa famille dans sa jeunesse, était évidemment une figure de *scandale*. Il avait été beaucoup trop amateur du *demi-monde*. Il aimait tous les « chouchous » de grands hommes. Il avait du goût pour tous ceux qui ont quelque chose à se faire « pardonner ». Il avait beaucoup fréquenté un « petit » de l'École militaire, rejeton de la maison de Valois, celui que d'après lui on appelait « l'Infidèle », lequel avait, tout en étant passionnément « moderne », un faible pour le musée de cire (surtout pour les sections encordées abritant des équipages royaux ou des lits de rois oubliés, devenus sans danger pour l'histoire) et qui, plus d'une fois, avait été aperçu en train de s'essuyer le coin de l'œil avec un joli mouchoir.

Qu'en était-il au juste ? Anders prenait plaisir à la manœuvre, au « saut » parfait, au tour remporté. Imposant, l'estomac haut, guêtré, ganté, il se promenait au Luxembourg, regardant les feuilles tomber sur les statues de reines mortes, les bateaux sur le bassin, les nœuds de ruban sautant sur les derrières des petites filles, les gens assis sans rien dire. Et dussions-nous un jour jouir du paradis, alors l'unique, l'irréparable perte serait dans chacun des jardins de Paris qu'on ne pourrait plus désormais visiter.

Plus tard, entrant dans la chambre de musique,

se dépouillant de ses gants, il parlait des chiens, des courses, de l'automne, de la qualité de l'air en automne, de la qualité de l'air dans d'autres pays. Il parlait avec éloge de telle ou telle cathédrale, de telle ou telle pièce de théâtre. Parfois il disposait devant la princesse une eau-forte rare qu'il espérait lui faire aimer ou bien il marchait de long en large sous ses yeux avant qu'elle remarque que les poches de son manteau étaient bourrées de petites fleurs. Quelquefois il oubliait chevaux et chiens, eaux-fortes et automne, pour se consacrer à la rapière, à son utilisation et à son déclin, et à l'avantage, pour l'acteur, des bottes hautes. La princesse alors citait Schiller. Et Anders de se jeter à corps perdu dans les emplois du fou dans Shakespeare, faisant tourner à son petit doigt un mince anneau d'or (au rubis tremblant aussi tendre que l'eau), pesant le point que la princesse avait marqué quant à la difficulté de continuer la tradition, maintenant que chacun était devenu son propre fou. Ou bien encore ils démarraient sur la littérature en général et elle demandait s'il était très versé dans la poésie anglaise. Il répondait que Chaucer le fascinait et qu'il était un diable de bonhomme à faire lâcher prise. Elle demandait gravement : — Pourquoi « faire lâcher prise » ? et elle passait à la peinture, débattant du comment le *genre* d'intérieur avait été abandonné quand les Hollandais ont cédé la place aux Anglais. Ils discutaient du pour et du contre des sujets pour huile, les extérieurs ou les intérieurs aussi bien, et de temps en temps toute la discussion tournait autour d'une idée de voyage pour aller voir un bel exemplaire de mobilier espagnol. Quelquefois il n'emportait pas l'eau-forte.

Tout le monde bien sûr croyait que la princesse était l'unique vraie passion de sa vie. On considérait comme chose établie que s'il n'avait pas eu une hernie durant la guerre franco-prussienne il l'aurait demandée en mariage. Certains affirmaient que la princesse était bien trop avare pour partager son lit. D'autres prétendaient qu'ils avaient eu une liaison dans leur jeunesse et qu'ils étaient maintenant comme mari et femme.

Tout cela était pur non-sens.

Ils étaient comme les pages d'un vieux livre que la fermeture assemble.

Au cours de l'avant-dernière visite il s'est produit une sorte de tension. Il avait mentionné Gesualdo et les tribulations de l'assassin. De l'assassin, il en était venu à la passion de Monteverdi, « au tombeau de l'être aimé ».

— L'avancée tout droit vers l'horrible, il disait, c'est ça l'amour.

Il s'est arrêté juste en face d'elle tandis qu'il parlait et s'est penché pour voir comment elle le prenait et elle, se mettant en arrière pour le scruter, a dit :

— Le dernier confident d'une vieille femme ne peut être qu'un « incurable ». Elle a reposé sa tasse avec un léger tremblement de la main, puis, élevant son lorgnon, elle a ajouté avec acerbité et mordant : Pourtant... si certain petit homme blond avec une barbe m'avait dit « je t'aime », j'aurais cru au paradis.

Il n'est allé la voir qu'une seule fois après ça, tout comme la princesse ne s'est plus montrée qu'une seule fois en voiture au Bois, de la brume derrière un voile soigneusement baissé. Peu de temps après elle avait cessé de vivre.

POSTFACE

I

Qu'il n'y a pas d'«écriture féminine» doit être dit avant de commencer et c'est une erreur qu'utiliser et propager cette expression : qu'est ce « féminin » de « écriture féminine » ? Il est là pour de (la) femme. C'est amalgamer donc une pratique avec un mythe, le mythe de la femme. « La femme » ne peut pas être associée avec écriture parce que « la femme » est une formation imaginaire et pas une réalité concrète, elle est cette vieille marque au fer rouge de l'ennemi maintenant brandie comme un oripeau retrouvé et conquis de haute lutte. « Écriture féminine » est la métaphore naturalisante du fait politique brutal de la domination des femmes et comme telle grossit l'appareil sous lequel s'avance la « féminité » : Différence, Spécificité, Corps/femelle/Nature. Par contiguïté « écriture » est gagné par la métaphore dans « écriture féminine » et de ce fait manque d'apparaître comme un travail et une production en cours car écriture et féminine s'associent pour désigner une espèce de production biologique particulière (à « la femme »), une sécrétion naturelle (à « la femme »).

Ainsi donc « écriture féminine » revient à dire que les femmes n'appartiennent pas à l'histoire et que l'écriture n'est pas une production matérielle. La (nouvelle) féminité, l'écriture féminine, la différence sont le retour de manivelle d'un courant politique engagé très avant dans la remise en question des catégories de sexe, ces deux grands axes de catégorisation pour les philosophies et sciences humaines. Comme il arrive toujours dès que quelque chose de nouveau apparaît il est immédiatement interprété et tourné en son contraire. L'écriture féminine c'est comme les arts ménagers et la cuisine. Une telle spécification ne concerne pas Djuna Barnes.

II

Le genre : il est l'indice linguistique de l'opposition politique entre les sexes. Genre est ici employé au singulier car en effet il n'y a pas deux genres, il n'y en a qu'un : le féminin, le « masculin » n'étant pas un genre. Car le masculin n'est pas le masculin mais le général. Ce qui fait qu'il y a le général et le féminin, la marque du féminin. C'est ce qui fait dire à Nathalie Sarraute qu'elle ne peut pas utiliser le féminin dans les cas où elle veut généraliser (et non particulariser) ce dont elle écrit. Et puisque l'enjeu de son œuvre c'est d'abstraire à partir d'une matière concrète (c'est-à-dire de la faire exister en mots, en concepts), l'emploi du féminin est souvent impossible car sa seule présence dénature le sens de son entreprise à cause de l'analogie a priori entre le (genre) féminin/sexe/nature. Le général seul donc est l'abstrait, le féminin seul est le concret (le sexe dans *la langue). Djuna Barnes tente l'expérience et la réussit d'universaliser le féminin (comme Proust elle ne fait aucune différence de traitement entre les personnages masculins et féminins) et de retirer à ce genre son « odeur de couvée[1] ». C'est que ce faisant elle annule les genres en les rendant obsolètes. La prochaine étape consiste à les supprimer. C'est un point de vue de lesbienne.*

III

Les signifiés du discours du dix-neuvième siècle ont saturé totalement jusqu'au relâchement la réalité textuelle de notre temps. Alors, « le génie du soupçon est venu au monde[2] ». Alors, « nous sommes entrés dans l'ère du soupçon[2] ». L'« homme » a reculé à tel point qu'on le reconnaît à peine pour le sujet du discours. On se demande qu'est-ce que le sujet ? Dans la débâcle générale qui suit la remise en question, il y a lieu pour un, une minoritaire de s'introduire dans le champ (de bataille) privilégié qu'est la littérature où s'affrontent les tentatives de constitution du sujet. Car nous le savons depuis Proust la recherche littéraire constitue une expérience privilégiée pour faire advenir un sujet au jour. Cette recherche est la pratique subjective ultime, une pratique cognitive du sujet. Après Proust le sujet n'a plus jamais été le même, car pour la durée de la Recherche *il a fait d'« homosexuel » l'axe de caté-gorisation à partir duquel universaliser. Le sujet minoritaire n'est pas auto-centré comme l'est le sujet*

---

1. De Baudelaire, sur Marceline Desbordes-Valmore.
2. *Cf. L'Ère du soupçon*, Nathalie Sarraute, 1950, *Les Temps modernes* ; 1956, Gallimard.

*logocentrique. Son extension dans l'espace pourrait
se décrire comme le cercle de Pascal dont le centre
est partout et la circonférence nulle part. Le sujet
minoritaire peut se disperser en bien des centres, il
est par force dé-centré, a-centré. C'est ce qui explique
l'angle d'approche de Djuna Barnes à son texte, un
constant décalage qui fait que quand on la lit l'effet
produit est comparable à ce que j'appelle une per-
ception du coin de l'œil, le texte agit par effraction.
Mot à mot le texte porte la marque de cet « estran-
gement » que Barnes décrit pour chacun de ses
personnages.*

IV

*Tout écrivain minoritaire (qui a conscience de
l'être) entre dans la littérature à l'oblique si je puis
dire. Les grands problèmes qui préoccupent les litté-
rateurs ses contemporains lui apparaissent de biais
et déformés par sa perspective. Les problèmes for-
mels le passionnent mais il est travaillé à cœur et à
corps par sa matière, « ce qui appelle le nom caché »,
« ce qui n'ose pas dire son nom », ce qu'il retrouve
partout bien que ce ne soit jamais écrit. Écrire un
texte qui a parmi ses thèmes l'homosexualité c'est
un pari, c'est prendre le risque qu'à tout moment
l'élément formel qu'est le thème surdétermine le sens,
accapare tout le sens, contre l'intention de l'auteur
qui veut avant tout créer une œuvre littéraire. Le
texte donc qui accueille un tel thème voit une de ses
parties prise pour le tout, un des éléments consti-
tuants du texte pris pour tout le texte et le livre
devenir un symbole, un manifeste. Quand cela arrive,
le texte cesse d'opérer au niveau littéraire, il est
l'objet de déconsidération en ce sens qu'on cesse de*

le considérer en relation avec les textes équivalents. Cela devient un texte à thème social et il attire l'attention sur un problème social. Quand cela arrive à un texte il est détourné de son but premier qui est de changer la réalité textuelle dans laquelle il s'inscrit. En effet du fait de son thème il en est destitué, il n'y a plus accès, il en est banni (souvent simplement par la mise au silence, l'épuisement de l'édition), il ne peut plus opérer comme texte par rapport à d'autres textes passés ou contemporains. Il n'intéresse plus que les homosexuels. Pris comme symbole ou adopté par un groupe politique, le texte perd sa polysémie, il devient univoque. Cette perte de sens et le manque de prise sur la réalité textuelle empêchent le texte d'accomplir la seule opération politique qu'il puisse accomplir : introduire dans le tissu textuel du temps par la voie de la littérature ce qui lui tient à corps. C'est pourquoi sans doute Djuna Barnes redoute que les lesbiennes fassent d'elle leur écrivain et ce faisant réduisent son œuvre à une dimension. En tout état de cause et même si Djuna Barnes est lue d'abord et massivement par les lesbiennes, il ne faut pas la destituer et l'attirer dans notre minorité. Non seulement ce n'est pas lui rendre service mais ce n'est pas nous rendre service. Car là où l'œuvre de Barnes peut le mieux opérer et pour elle et pour nous c'est dans la littérature.

V

Il est des textes qui à la fois par leur mode d'apparition et la façon dont ils s'inscrivent dans la réalité littéraire ont la plus grande importance stratégique. Il en va ainsi de toute l'œuvre de Barnes qui de ce point de vue fonctionne comme un texte *unique car entre* Ryder, Ladies Almanack, Spillway, Nightwood *il y a des correspondances et des permutations. Unique le texte de Barnes l'est aussi en ce sens qu'il est le premier de sa sorte et qu'il détone comme une bombe là où il n'y a rien avant lui. C'est ainsi qu'il lui faut mot à mot se créer son propre contexte, travaillant, œuvrant avec rien contre tout. Un texte écrit par un écrivain minoritaire n'est efficace que s'il réussit à rendre universel le point de vue minoritaire, que s'il est un texte littéraire important. La* Recherche du temps perdu *est un monument de la littérature française* bien que *l'homosexualité soit* le *thème du livre. L'œuvre de Barnes est une œuvre littéraire importante* bien que *son thème majeur soit le lesbianisme. D'une part le travail de ces deux écrivains a transformé comme il se doit pour tout travail important la réalité textuelle de leur temps. Mais en tant que minoritaires leurs textes ont aussi à charge (et le font) de changer l'angle de catégorisation touchant à la réalité sociologique de leur groupe. Ne serait-ce simplement que l'affirmation à l'existence : combien d'homosexuels ou de lesbiennes ont été avant eux pris pour thème de la littérature en général ? Qu'y a-t-il en littérature entre Sapho et* Ladies Almanack *de Barnes ? Rien.*

VI

Le contexte unique de Djuna Barnes suivant l'angle minoritaire est Proust à qui elle se réfère dans Ladies Almanack. *Djuna Barnes elle-même est notre Proust (et non pas Gertrude Stein). Une différente sorte de traitement a été départie cependant à l'œuvre de Proust et à l'œuvre de Barnes : l'une, celle de Proust, triomphant de plus en plus jusqu'à être maintenant* classique, l'autre, celle de Barnes, apparaissant par éclairs puis disparaissant. L'œuvre de Barnes est mal connue, méconnue en France, mais aussi aux États-Unis. On peut dire que stratégiquement Barnes est néanmoins plus importante que Proust. Et comme telle sans cesse menacée de disparition. Sapho de même a disparu. Platon, non. On voit bien quel est l'enjeu et quel est « le nom caché », le nom que Djuna Barnes elle-même abhorre. Sodome est puissante et éternelle, disait Colette, Gomorrhe n'existe pas. Le Gomorrhe de Ladies Almanack, de Nightwood, de Cassation et de La Grande Malade est un démenti éclatant aux dénégations de Colette, car ce qui est écrit est. « Lève haut la poutre du toit, charpentier / car voici qu'entre dans la maison / l'aède lesbien, s'élevant au-dessus des autres parmi les concurrents étrangers[3]. » Cet aède-là a généralement une rude bataille à mener car elle doit pied à pied et mot à mot se créer dans son contexte dans un monde qui, aussitôt qu'elle apparaît, met tous ses efforts à la faire disparaître. La bataille est rude car elle doit se mener sur deux fronts : au niveau formel avec les éléments en cause à ce moment de l'histoire littéraire, au niveau conceptuel contre le cela va de soi de la pensée straight.

VII

Il nous faut dans un monde où nous n'existons que passées sous silence, au propre dans la réalité sociale au figuré dans les livres, il nous faut donc, que cela nous plaise ou non, nous constituer nous-mêmes, sortir comme de nulle part, être nos propres

3. Sapho, livre IX 110-111, Belles Lettres, Paris.

légendes dans notre vie même, nous faire nous-mêmes êtres de chair aussi abstraites que des caractères de livre ou des images peintes. C'est pourquoi il nous faut à l'époque où les héros sont passés de mode devenir héroïques dans la réalité, épiques dans les livres. C'est pourquoi à l'époque où il s'opère une énorme poussée pour évacuer le sens des pratiques de langage il nous faut insister du côté du sens et par le sarcasme et l'ironie rendre manifeste ce qui tire à hue et à dia. Djuna Barnes est dans Spillway un maître du sarcasme et de l'ironie accessibles pour le lecteur à travers l'angle de vision, le point de vue donné d'entrée de jeu dans la scène de séduction de la Dame par Katya, une très jeune fille. Elle, « les femmes l'écoutent ». Mais sa sœur, « les hommes la regardent » (bouger). Et donc elle s'est mise à bouger « tout autrement ». « Elle passait son temps à gigoter, les jambes en l'air, à déchirer des mouchoirs. » Et Katya lui demandait « pourquoi elle faisait tout ça ». Ah ! quelle excellente question : car oui, pourquoi font-ils tout ça les héros dans les livres et les héros dans la réalité ? Pourquoi font-ils l'homme mais surtout pourquoi font-ils la femme ? Et pourquoi d'une façon générale personne ne remarque que faire la femme c'est, comme un animal bien dressé, se livrer à une gesticulation réglée d'avance (différente suivant les époques, voir à ce propos la gesticulation de Moydia), un code, un langage de gestes qui ne répète qu'une seule chose. Oui pourquoi ?

VIII

Disons la lettre pour ce qu'on appelle généralement le signifiant et le sens pour ce qu'on appelle le signifié (le signe étant la combinaison de la lettre et du sens). Parler de la lettre et du sens au lieu de signifié et de signifiant permet d'éviter l'immixtion du référent prématurément dans le vocabulaire du signe (car signifié et signifiant décrivent le signe en fonction de la réalité référée tandis que lettre et sens décrivent le signe en relation au langage uniquement). Dans le langage, seul le sens est abstrait. Le référent n'est pas de même nature suivant les acteurs du langage. L'écriture est un processus à la fois abstrait et concret qui relève de l'usage du langage. Dans une recherche littéraire (si par métonymie on emploie lettre et sens pour désigner des unités plus larges que les signes), il peut y avoir équilibre entre la lettre et le sens. Il peut y avoir au contraire une évacuation du sens au profit de la lettre (recherche littéraire « pure ») ou il peut y avoir d'abord et avant tout production de sens. Même dans le cas de recherche littéraire « pure », il peut arriver comme le faisait remarquer Barthes que la surdétermination de certains sens soit telle que la lettre se fait sens et de signifiant devient signifié quoi qu'en ait le producteur. Un écrivain minoritaire est menacé par le sens alors même qu'il est engagé dans une recherche formelle : ce qui pour lui n'est qu'un thème dans son œuvre, un élément formel, s'impose comme tout le sens pour les lecteurs dans la norme. Mais aussi c'est que l'opposition lettre/sens, signifié/signifiant n'a de raison d'être que dans une description anatomique de la langue. Dans la pratique du langage, lettre et sens n'agissent pas séparément. Et pour moi une pratique d'écrivain consiste à réactiver à tout moment lettre et sens, car comme la lettre le sens se perd. Sans cesse.

Le langage pour un écrivain est un matériau spécial (comparé à celui des peintres ou des musiciens) puisqu'il sert d'abord à tout autre chose qu'à faire de l'art et trouver des formes, il sert à tout le monde tout le temps, il sert à parler et à communiquer. C'est un matériau spécial parce qu'il est le lieu, le moyen, le médium où s'opère et se fait jour le sens. Mais le sens dérobe le langage à la vue. Et en effet le langage est constamment comme la lettre volée du conte de Poe, là à l'évidence mais totalement invisible. Car on ne voit, on n'entend que le sens. Le sens n'est donc pas du langage ? Oui il est du langage mais sous sa forme visible et matérielle le langage est forme, le langage est lettre. Le sens lui n'est pas visible et comme tel, paraît comme hors du langage (il est quelquefois confondu avec le référent quand on parle de « contenu »). En fait le sens est bien dans le langage mais il ne s'y voit pas car il est son abstraction. Et c'est donc un comble que pourtant dans la pratique courante du langage on ne voie et n'entende que lui. C'est que l'utilisation du langage est une opération très abstraite où à tout moment dans la production du sens sa forme disparaît. En effet le langage en se formant se perd dans le sens propre. Il ne peut réapparaître abstraitement qu'en se redoublant, en formant un sens figuré. C'est le travail des écrivains donc de s'intéresser à la lettre, au concret, au visible du langage, à sa forme matérielle. Dès que le langage a été perçu comme matériau, il a été travaillé mot à mot par les écrivains. Ce travail à ras des mots de la lettre réactive les mots dans leur disposition et à son tour confère au sens son plein sens : dans la pratique et dans le meilleur des cas ce travail fait apparaître plutôt *qu'un sens une polysémie. Djuna Barnes dans* La Passion[4] *a travaillé mot à mot et créé un corps dur et pourtant fuyant, cru et sophistiqué, prolixe en sens multiples mais qui se dérobent.*

Monique WITTIG.

---

4. Je tiens à remercier Mary Jo Lakeland et Sande Zeig pour leur aide, au cours de la traduction.

TABLE

Le Livre de Poche Biblio

Extrait du catalogue

Sherwood ANDERSON
Pauvre Blanc

Guillaume APOLLINAIRE
L'Hérésiarque et Cie

Miguel Angel ASTURIAS
Le Pape vert

James BALDWIN
Harlem Quartet

Adolfo BIOY CASARES
Journal de la guerre au cochon

Karen BLIXEN
Sept contes gothiques

Mikhail BOULGAKOV
La Garde Blanche
Le Maître et Marguerite

André BRETON
Anthologie de l'humour noir

Erskine CALDWELL
Les Braves Gens du Tennessee

Italo CALVINO
Le Vicomte pourfendu

Elias CANETTI
Histoire d'une jeunesse -
La langue sauvée
Histoire d'une vie -
Le flambeau dans l'oreille
Les Voix de Marrakech
Le Témoin auriculaire

Blaise CENDRARS
Rhum

Jacques CHARDONNE
Les Destinées sentimentales
L'Amour c'est beaucoup plus
que l'amour

**Joseph CONRAD
et Ford MADOX FORD**
L'Aventure

René CREVEL
La Mort difficile

Alfred DÖBLIN
Le Tigre bleu

Iouri DOMBROVSKI
La Faculté de l'inutile

Lawrence DURRELL
Cefalù

Friedrich DURRENMATT
La Panne
La Visite de la vieille dame

Jean GIONO
Mort d'un personnage
Le Serpent d'étoiles

Jean GUÉHENNO
Carnets du vieil écrivain

Lars GUSTAFSSON
La Mort d'un apiculteur

Henry JAMES
Roderick Hudson
La Coupe d'Or
Le Tour d'écrou

Ernst JÜNGER
Jardins et routes
(Journal I, 1939-1940)
Premier journal parisien
(Journal II, 1941-1943)
Second journal parisien
(Journal III, 1943-1945)
La Cabane dans la vigne
(Journal IV, 1945-1948)
Héliopolis
Abeilles de verre
Orages d'acier

Ismaïl KADARÉ
Avril brisé
Qui a ramené Doruntine ?

Franz KAFKA
Journal

Yasunari KAWABATA
Les Belles Endormies
Pays de neige
La Danseuse d'Izu
Le Lac
Kyôto
Le Grondement de la montagne
Tristesse et Beauté
Le Maître ou le tournoi de go

Andrzeij KUSNIEWICZ
L'État d'apesanteur

Pär LAGERKVIST
Barabbas

D.H. LAWRENCE
L'Amazone fugitive
Le Serpent à plumes

Sinclair LEWIS
Babbitt

LUXUN
Histoire d'AQ : Véridique
biographie

Carson McCULLERS
Le Cœur est un chasseur
solitaire
Reflets dans un œil d'or
La Ballade du café triste
L'Horloge sans aiguilles

Thomas MANN
Le Docteur Faustus

Henry MILLER
Un diable au paradis
Le Colosse de Maroussi
Max et les phagocytes

Vladimir NABOKOV
Ada ou l'ardeur

Anaïs NIN
Journal 1 - *1931-1934*
Journal 2 - *1934-1939*
Journal 3 - *1939-1944*

Joyce Carol OATES
Le Pays des merveilles

Edna O'BRIEN
Un cœur fanatique
Une rose dans le cœur

Liam O'FLAHERTY
Famine

Mervyn PEAKE
Titus d'Enfer

Robert PENN WARREN
Les Fous du roi

Leo PERUTZ
La Neige de Saint Pierre

Luigi PIRANDELLO
La Dernière Séquence

Augusto ROA BASTOS
Moi, le Suprême

Raymond ROUSSEL
Impressions d'Afrique

Salman RUSHDIE
Les Enfants de Minuit

Arthur SCHNITZLER
Vienne au crépuscule
Une jeunesse viennoise

Isaac Bashevis SINGER
Shosha
Le Blasphémateur
Le Manoir
Le Domaine

Thornton WILDER
Le Pont du roi Saint-Louis

Virginia WOOLF
Orlando
Les Vagues
Mrs. Dalloway
La Promenade au phare
La Chambre de Jacob
Années
Entre les actes
Flush
Instants de vie

Cahiers de l'Herne
(Extraits du catalogue du Livre de Poche)

Julien Gracq   4069
  Julien Gracq, le dernier des grands auteurs mythiques de la littérature contemporaine. Par Jünger, Buzzati, Béalu, Juin, Mandiargues, etc. Et un texte de Gracq sur le surréalisme.

Samuel Beckett   4934
  Mystères d'un homme et fulgurance d'une œuvre. Des textes de Cioran, Kristéva, Cixous, Bishop, etc.

Louis-Ferdinand Céline   4081
  Dans ce Cahier désormais classique, Céline apparaît dans sa somptueuse diversité : le polémiste, l'écrivain, le casseur de langue, l'inventeur de syntaxe, le politique, l'exilé.

Mircea Eliade   4033
  Les romans, les fictions, les écrits philosophiques et scientifiques : la réflexion sur le sacré, sur l'homme, sur l'histoire, sur la modernité. Une œuvre monumentale. Un homme d'exception, attaché à l'élucidation passionnée des ressorts secrets de la vie de l'esprit. Par Dumézil, Durand, de Gandillac, Cioran, Masui...

Martin Heidegger   4048
  L'œuvre philosophique la plus considérable du XXe siècle. La métaphysique, la pensée de l'Être, la technique, la théologie, l'engagement politique. Des intervenants prestigieux, des commentaires judicieux.

René Char   4092
  Engagé dans le surréalisme et chef de maquis durant la seconde guerre mondiale, poète de la dignité dans l'épreuve et chantre de la fraternité des hommes, René Char confère à son écriture, au lyrisme incantatoire, le style d'un acte et les leçons d'un optimisme en alerte.

Jorge Luis Borges   4101
  Enquêtes, fictions, analyses, poésie, chroniques. L'œuvre, puzzle d'une conscience cosmique et dérive dans tous les compartiments de la création. Avec Roger Caillois, Ernesto Sabato, Claude Ollier, Jean Wahl, Claude Bénichou...

2e semestre 1989 :

Henri Michaux
Francis Ponge

Composition réalisée par C.M.L., Montrouge.

IMPRIMÉ EN FRANCE PAR BRODARD ET TAUPIN
Usine de La Flèche (Sarthe).
LIBRAIRIE GÉNÉRALE FRANÇAISE - 6, rue Pierre-Sarrazin - 75006 Paris.

ISBN : 2 - 253 - 05011 - 3   ✦ 42/3121/3